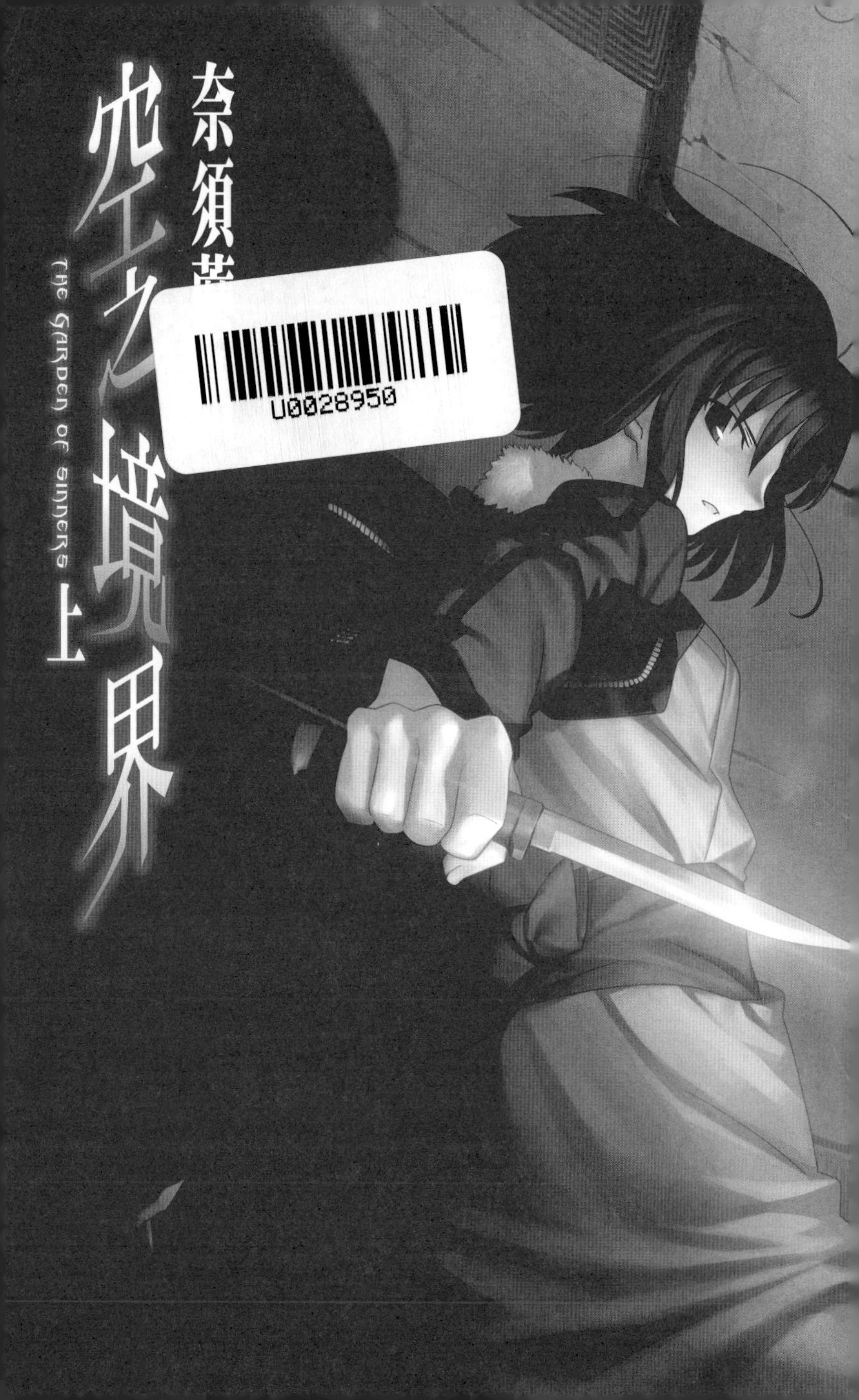
空之境界 上
THE GARDEN OF SINNERS
奈須

空之境界 上

THE GARDEN OF SINNERS

atos.
2/.....and not heart.
ever cry, never lif

空之境界 上
THE GARDEN OF SINNERS

1:Tha

......is nothing id,nothing cosmos

Kinoko Nasu

Cover Design/Veia　Illustration/Takashi Takeuchi (TYPE-MOON)

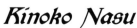

1/俯瞰風景 Thanatos.

那一天，我選擇走大馬路回家。
對我來說，這是難得的心血來潮。
我茫然地走在早已看膩的大樓之間，
沒多久就有一個人掉了下來。
很少有機會這樣聽見骨骼折斷的喀嚓聲，
那人很明顯是從大樓墜落而死的。
紅色在柏油路面上淌流開來，
殘骸中保有原形的部分，是一頭長長的黑髮，
與纖細、讓人聯想到白色的脆弱手腳，
以及血肉模糊的臉孔。
這一連串的影像，
令我幻想起夾在舊書頁當中，
被壓成扁平的押花。

——大概是因為，
那具只有頸子宛如胎兒般彎折的亡骸，
在我看來就像折斷的百合吧。

／俯瞰風景

／0

剛進入八月的一個夜晚，黑桐幹也事先沒聯絡一聲就登門來訪。

「晚安，妳還是這麼有氣沒力啊，式。」

突然出現的訪客站在玄關，帶著笑容說出無聊的寒暄臺詞。

「其實在過來這裡的路上，我看見了一樁意外，有個女孩子從大樓的屋頂上跳樓自殺。雖然最近常聽到類似的新聞，沒想到真的會碰上這種場面——這給妳，要放冰箱。」

幹也在玄關解開鞋帶，把拎在手裡的便利商店購物袋扔過來。袋內裝著兩盒哈根達斯的草莓冰淇淋，他的意思似乎是要我在冰淇淋融化前先放進冰箱裡。

在我以緩慢的動作檢查購物袋時，幹也已經脫完鞋子，一腳踏上門口墊高的橫框。

我的住處是公寓中的一室。只要穿越從玄關算起不到一公尺長的走廊，馬上就能踏進兼作寢室與起居室的房間。

我瞪著幹也快步走向房間的背影，尾隨他回到自己的房間裡。

「式，妳今天也蹺課沒去上學吧？成績還可以想辦法補救，出席日數不夠的話就不能升級了。妳忘了我們說好要一起上大學的約定嗎？」

「關於學校的問題，你有權對我說三道四嗎？我本來就不記得什麼約定，再說你還不是從大學休學了？」

「……嘖，像權利那種東西，我確實是沒有。」幹也不太高興地回答，接著在地上坐了下來。碰到對自己不利的情況時，這傢伙似乎有顯露出真實性格的傾向——這是我最近回憶起的事。

幹也坐在房間正中央。

我在他背後的床鋪上坐下後直接躺臥在床上，而幹也依然背對著我。

我茫然地觀察著他以一個男性來說，算是瘦小的背影。

這個名叫做黑桐幹也的青年，似乎是在我高中時代認識的朋友。

在追求種種迅速出現的流行風潮，最後在失控中消失的現代少年裡，他是個近乎無趣地保持著學生形式的貴重存在。

他的頭髮既不染也不留長，沒把皮膚曬黑，身上也沒戴什麼飾品，沒有手機也不泡妞。他的身高將近一百七十公分，溫和的長相算是可愛系的，黑框眼鏡更強化了那種氣息。

已從高中畢業的他穿著平凡的服裝，不過如果打扮一下走在街上應該會吸引好幾道路人的目光，其實算是個美男子吧——

「式，妳有在聽嗎？我也見過伯母了。妳至少總該回兩儀家的宅邸一趟，不然那怎麼行。聽說妳出院後兩個月了，都沒和家裡連絡過？」

「嗯，因為沒什麼特別的事。」

「我說啊，家人即使沒有什麼事也會團聚啊。你們兩年沒說過話了，不見個面好好聊聊那怎麼行。」

「……誰管他。我就是缺乏真實感，這有什麼辦法。就算和家人見面，也只會把彼此間的距離拉得更遠。我連面對你都有種異樣感，怎麼可能跟那種不相干的外人談下去。」

「真是的，這樣下去問題不會有解決的一天啊。如果不由式主動敞開心胸，僵局會持續一輩子喔。血緣相繫的親子住在附近卻完全不見面，這可不行。」

這番帶著責備之意的話語，使我皺起眉頭。

不行？什麼不行？我和雙親之間沒有任何違法之處，只不過是小孩出了車禍，喪失過去的記憶而已。無論在戶籍上或血緣上都能證明我們是親屬，維持現狀應該也不會有任何問題。

……幹也總是擔心著別人的心情如何自處。

那明明是無關緊要的小事啊。

◇

兩儀式是我在高中認識的朋友。

我們就讀的學校，是一所著名的私立升學高中。

我在放榜時不經意地聽到兩儀式這名字，因為太過少見而記了下來，又發現我們被分到同一班。從此以後，我就成為式寥寥可數的朋友之一。

我們學校是允許穿便服上學的升學高中，大家都以各式各樣的服裝來表現自我。其中，式在校內的身影非常引人注目。

因為，她總是身穿和服。

穿著樸素便裝和服的站姿與式的斜肩非常相襯，只要她一走動，教室彷彿就化為武士的宅邸。不僅是外貌，她的一舉一動都沒有半分多餘，只有在課堂上才會說上幾句話。單從這件事上，就能看出式是個怎樣的人。

至於式本人的容貌，更是別致得過火。一頭宛如黑絹般漂亮的髮絲，被她嫌麻煩地以剪刀剪齊，正好蓋住耳朵的短髮造型異樣地適合她，使很多學生都誤會了式的性別。

她美到不分男女看到她都會以為是異性的程度，五官與其說漂亮，不如說是風姿凜然。

但比起這些特徵，式的眼睛比任何事物都更吸引我。她有雙明明眼神銳利卻非常沉靜的瞳眸以及細眉，彷彿注視著某些我們看不見的存在，對我而言，那種神態就是兩儀式這人物的一切。

……直到那一夜，式發生了那件事為止。

◇

「跳樓。」

「咦——？啊，抱歉，我沒聽清楚。」

「跳樓自殺算是意外嗎？幹也。」

一句沒有意義的呢喃，讓陷入沉默的幹也赫然回神。接著，他開始老實地思考剛剛的問題。

「嗯～的確是意外沒錯，不過……對啊，到底算什麼呢？既然已自殺，那人就會死亡。不過那是出於自身意志的決定，責任還是只由當事人來承擔。只是，從高處墜落應該是意外——」

「既非他殺也非意外死亡，分界真是曖昧。如果要自殺，選個不會給任何人添麻煩的方式不就好了。」

「式，說死人壞話不太好喔。」

他的口氣很平淡，不帶斥責的味道。幹也的臺詞我早就聽膩了，還沒聽就猜得到他要說什麼。

「黑桐，我討厭你的泛泛之論。」

我的反駁自然變得苛刻起來，但幹也並未露出不悅之色。

「啊，聽妳這麼叫我真讓人懷念。」

「是嗎？」

嗯，幹也像隻有禮貌的松鼠般點點頭。

他的稱呼有幹也及黑桐兩種叫法，我不太喜歡黑桐這兩字的發音……至於原因則不太清楚。

當我在對話的空白間萌生疑問時，他就像想起什麼似的一拍手掌。

「對了。說來挺稀奇的，我家的鮮花說她有看過。」

「……？看過什麼？」

「就是巫條大樓有女孩子在空中飛翔的傳聞啊。妳不是說曾見過一次嗎？」

「————」

啊，我想起來了。將近三星期以前，那個靈異故事開始流傳。

在商業大樓區有棟名叫巫條大樓的高級公寓，據說到了晚上，在大樓上空會看見疑似人影的物體。既然不止是我，連鮮花也看過，看來似乎是真的。

自從因車禍昏睡兩年之後，我就能看到那一類「原本不應存在的事物」。

依照橙子的說法，這不是看得到而是「看」得到，也就是腦與眼睛的認識水準提升了，但我對這種理論不感興趣。

「關於巫條大樓的人影，我不只看到一次，而是好幾次。但我最近不常去那一帶，可不知道現在還能不能『看』得見。」

「嗯~我常經過那裡，卻沒看到過耶。」

「你戴著眼鏡所以看不到。」

這和眼鏡無關吧，幹也鬧起彆扭。

他這副模樣溫暖又無邪。所以這傢伙才難以看見那些東西……話說回來，關於什麼飛啊墜落的，這些無聊的事件還在繼續發生。我不明白這種事有何意義，吐出疑問。

「幹也，你知道人飛上天空的理由嗎？」

不清楚……他縮縮脖子。

「無論是飛行或墜落的理由我都不知道，因為我就連一次都還沒嘗試過。」

他若無其事地說出理所當然的事實。

1／兩儀式

一個八月將盡的夜晚，我一如往常地出門散步。

戶外的空氣就夏末來說有些生寒，末班電車早已開走，街上鴉雀無聲。

就像一座寂靜、寒冷、荒廢殆盡的陌生死城。沒有行人也沒有暖意的光景宛如照片般散發出人工氣息，令人聯想到不治之症。

——疾病，疾患，病態。

只要一個分神，所有的一切，包含沒有燈光的住家與有燈光的便利商店，彷彿都會在一陣猛咳之後崩塌。

在這片景色中，月光蒼白地刻劃出黑夜。

在一切全遭到麻醉的世界裡，彷彿唯有月亮是活生生的，刺得我的眼睛好痛。

——所以，這就是所謂的病態。

走出家門時，我在淺藍色的和服上披了件紅色皮夾克。和服的衣袖塞在外套裡，烘暖身體。

就算如此，我還是不覺得熱——不。

對我來說，原本也就沒有寒冷可言。

◇

即使在這樣的深夜，走在路上也會遇見人。

低著頭只顧快步前進的人、茫然站在自動販賣機前的人、聚集在便利商店燈光下的眾多人影。我試著探索這些行動有什麼含意，但身為外人的我一點也無法理解。

話說回來，像我這樣在夜晚出門漫步就沒有意義，只是在重複昔日的我的興趣罷了。

——兩年前，即將升上高中二年級的兩儀式也就是我，因車禍被送進醫院。

事情發生在一個下雨的夜晚。

我似乎被汽車撞到了。

幸好我的身體沒受到重大損傷，據說那是一場沒有出血也沒有骨折的乾淨車禍。相對的，創傷可能都集中在頭部。從此以後，我就陷入昏睡狀態。

或許身體幾乎毫髮無傷是種不幸，醫院方面維持著我的生命，我沒有意識的肉體也拚命地存活下去。

兩個月前，兩儀式終於甦醒了。

聽說醫生們就像看到死人復活般大吃一驚，這也代表我復原的希望如此渺茫。

雖然程度沒那麼誇張，不過我本人也受到某個衝擊。

應該說是無法確認自我的存在嗎？我過往的記憶變得很不對勁。

簡單的說，我無法相信自己的記憶。這與想不起過去事跡的記憶障礙……俗稱的喪失記憶不同。

根據橙子的說法，記憶是大腦進行銘記、保存、播放、再認的四個系統。

「銘記」是將所見的印象化為資訊輸入大腦。

「保存」是記住資訊。

「播放」是叫出保存的資訊，也就是回憶。

「再認」則是確認播放的資訊是否與以前相同。

只要這四個程序有一處失效，就會造成記憶障礙。當然，記憶障礙的症狀也會隨著故障的部位不同而變化。

不過我的情況，則是每一個系統都在順利運作。儘管對過去的記憶缺乏真實感，但「再認」發揮作用，告訴我自己的記憶和從前的我獲得的印象一模一樣。

然而，我卻對過去的自我沒有自信。

我缺乏身為我的實際感受。

即使想起名為兩儀式的昔日回憶，也只覺得事不關己。我明明毫無疑問就是兩儀式啊。

兩年這段空白，將兩儀式化為虛無。問題不是世間的評價，而是我的內在變得空無一物。我的記憶與我從前應有的性格之間的連繫被絕望地切斷了，這樣一來，記憶就只不過是單純的影像。

但是拜那些影像所賜，我得以扮演過去的我。無論是面對雙親或舊識，我都能以他們所認識的兩儀式身分進行交流。

當然，現在的我被拋在一旁。這種無法忍受的窒息感令我很苦惱。

——簡直就像擬態一樣。

我根本沒有真正活著。

我就像個剛剛出生的嬰兒，一無所知，什麼也不曾獲得。然而，十七年份的記憶將我構成一個完整的人類。

原本應該藉由種種體驗習得的感情，早已存在於記憶中。可是，我卻沒有親身體驗過。即使試圖親身體驗，我卻早已知曉。其中既沒有感動可言，也沒有活著的真實感……就像已經揭開手法的魔術無法令人吃驚一樣。

連活著的真實感也沒有的我，就這麼重複著過去的我會有的行動。

理由很單純。

因為那麼做，我說不定就能變回過去的自己。

因為這麼做，我說不定就能了解我在夜間出門散步的意義。

……啊，是這樣嗎？

如此一看，倒也可以說我愛上了過去的自己。

◇

總覺得走了滿長一段路，我抬頭一看，前方已是傳聞中的商業大樓區。

規規矩矩建成同樣高度的大樓並排而立，牆面鋪著整片玻璃窗，現在僅僅反射出月光。林立在大馬路邊的大樓群，宛如怪人所徘徊的剪影世界。

在商業大樓區深處，有一道特別高聳的影子。這棟超過二十層樓高，造型類似梯子的建築物，看來有如一座直通月亮的細長高塔。

那座高塔名為巫條。

建成公寓的巫條大樓裡不見燈光，想來居民都已上床就寢。時刻就快到凌晨兩點了。

這時候——一個無趣的影子落入視網膜，人形的剪影浮現在我的視野中。

這並非比喻，那名少女真的飄浮在空中。

風已止息，夜晚的空氣就夏季而言冷得異常。

如針一般的寒意刺痛我的頸骨。

當然，這是只有我會產生的錯覺。

「怎麼，原來今天也在啊。」

雖然覺得不快，既然看見了那也無可奈何。

就這樣，傳聞中的少女倚月飛行著。

俯瞰風景／

……

——形象是一隻蜻蜓，正匆匆地飛行著。

雖然有一隻蝴蝶跟在身後，蜻蜓並沒有放慢振翅的速度。蝴蝶漸漸追不上了，在消失於視野中的同時無力地摔落地面。

在空中描繪出一道弧線逐漸下墜。

墜落的軌跡宛如昂首的蛇，卻又形似折斷的百合。

那身影悲哀無比。

即使無法和蝴蝶一起走，我至少想要陪伴牠一會。

但那是不可能的。因為我的腳並沒有著地，連停下腳步的自由也沒有。

……

我聽見說話的聲音，只得無可奈何地醒來。

……眼皮相當沉重，這可是睡不滿兩小時的證據。即使睡眠不足仍試圖起身的我，真是令人同情。我試著自我陶醉一下，就戰勝了睡意……老實說，我還真單純。

昨晚熬夜完成製圖後，我好像直接在橙子小姐的房間裡睡著了。

我從沙發上坐起身一看，這裡果然是事務所。在還不到正午的夏季陽光下，式與橙子小姐正談得起勁。

式靠在牆邊，而橙子小姐翹著腳坐在折疊椅上。

式依然隨興地穿著一身便裝和服。

至於橙子小姐，則是樸素的黑色緊身長褲配上筆挺如新的白襯衫。她紮起長髮，露出頸項的模樣，看來很像哪間公司的社長秘書。不過，她脫下眼鏡後的眼神已凶惡到了筆墨難以形容的程度，大概一生都無法勝任那類工作。

「早，黑桐。」

橙子小姐惡狠狠地瞥了我一眼，唉，這是家常便飯……從她脫下眼鏡這點看來，大概正和式談到那方面的話題。

「對不起，我好像睡著了。」

「不用浪費唇舌說明那些，我用看的就曉得。」

橙子小姐斷然地駁斥後，叼起一根香菸。

「既然醒了就去泡茶，有助於復健（Rehabilitation）。」

「…………？」

她說的更生（Rehabilitation），是指助人回歸社會的更生活動？

雖然不解我為何非得被人這麼說不可，但橙子小姐總是這樣子，我決定放棄追究。

「式想喝什麼？」

「不用，我馬上要睡了。」

式如此回答，她看來的確睡眠不足。

昨天晚上，她在我回去後又出門夜間散步了嗎？

◇

在事務所兼橙子小姐私人房間的隔壁，是個類似廚房的區域。

那裡原本可能是什麼實驗室，水槽有三個水龍頭排成一列，就像學校的飲水區一樣。其中兩個水龍頭被鐵絲綑住禁止使用，原因不得而知。雖然橙子小姐說「這樣不是很簡單好認嗎」，但我覺得看了就心情不好，不怎麼感激。

好了，我啟動咖啡機。因為每天上班第一件事就是泡咖啡，我的技術已經熟練到即使睡著也能泡好的地步。

我，也就是黑桐幹也，來這裡上班已經將近半年了。

不，上班這種說法也相當值得商榷，畢竟這裡並未作為公司立案。我之所以會下定決心跑來這樣的地方，純粹是因為我深深迷上橙子小姐的作品。

自從式的時間獨自停止在十七歲之後，我漫無目的地從高中畢業，成為大學生。我會進入那所大學，是出於和她的約定。就算式的病情沒有康復的希望，我至少也想遵守那個約定。

但在達成之後，我就毫無目標了。當上大學生的我，只是數著月曆上的日期虛度光陰。在茫然度日之際，朋友邀我去看一場展覽，我在展場發現了一具人偶。

一具精巧到逼近道德極限的人偶。

它的外形宛如停止不動的人類，同時也明確地展現出那是具絕不會動彈的人偶。

一具明顯不是人，看來卻只像是人的人偶。明明像個彷彿隨時會復甦的人，卻是打從一開始就沒有生命的人偶。它只擁有生命，卻位於人類無法觸及之處。這二律相悖的矛盾俘虜了我，大概是因為那種存在方式就和當時的式一模一樣吧。

人偶的展出者身分不明，展覽手冊上甚至沒有記載人偶的存在。我拚命調查之後，發現那是非正式的展覽品，製作者在業界是個問題人物。

製作者的名字叫蒼崎橙子，是一個避世而居的人。她的本業是製作人偶，不過好像也有在做建築設計。總之，凡是在製作物品方面她什麼都做，卻很少接下工作。她總是主動向客戶推銷「我能做出這種成品」，收取預付款後再進行製作。

她是個放蕩不羈之輩，或者是個怪人？

這反倒更加勾起我的興趣，明明放手不管就好，我卻查出了那個怪人的居所。她的住處也遠離市中心，位於稱不上是住宅區或工業區的模糊地帶。

不，蒼崎橙子的居所，很難說是一般住家。

那根本是座廢墟。

而且還不是普通的廢墟，是一棟在幾年前景氣好的時候展開建設，卻在景氣惡化後半途停工的真正廢棄大樓。雖然建築物大致的外觀已經建好，內部卻完全沒有裝潢，牆壁、地板與建材都暴露在外。

如果能夠完工，大樓預計建成六層樓高，但現在只蓋到四樓而已。由於工程半途而廢，蓋到一半的五樓地板就權充樓頂。

儘管大樓的建地受到高聳的水泥牆環繞，要入侵卻很簡單。這棟可疑無比的建築物沒變成附近小孩的祕密基地，只能說是奇蹟。蒼崎橙子似乎買下了這棟無人收購而遭到放置的大樓。

這個我正在泡咖啡的類似廚房的房間，位於大樓四樓。二樓與三樓是橙子小姐的工作場所，基本上我們都在四樓這邊討論事情。

……回到正題。

最後我與橙子小姐結識，離開才剛就讀的大學來到此處工作。

令人不敢相信的是，她確實有發薪水給我。

依照橙子小姐的說法，人類有兩系統與兩屬性，分別是創造者及探求者、使用者及破壞者。「你沒有創造方面的才能啊。」她明明這麼斷定，又不知為何雇用了我，據說是我有什麼探求者的才能。

「——太慢了，黑桐。」

鄰室傳來一聲催促。

我回神一看，咖啡機裡早已注滿漆黑的液體。

◇

「昨天好像出現了第八個人，外面的人差不多也該發覺這幾件案子的關連性了才對。」

橙子小姐揉熄化為灰燼的香菸後，突兀地開口。

她說的大概是最近連續發生的高中女生跳樓自殺事件。今年夏季沒有斷水之虞，若要論及橙子小姐喜愛的悲慘話題，就只有這件事了。

「第八個人……？咦，不是六人嗎？」

「人數在你發呆的期間變多了。從六月開始，一個月平均有三人，那會在往後三天之內再增加一人嗎？」

橙子小姐說出輕率的臺詞。我瞄了月曆一眼，八月只剩下三天了……只剩下三天……？我總覺得有些怪怪的，疑問卻立刻落入意識深處。

「不過，據說事件沒有關連性，自殺的女孩們全都就讀於不同學校，也互不認識。

唉，說不定只是警方隱匿資訊不報而已。」

「這話還真偏激，這樣沒來由的懷疑別人真不像黑桐的風格。」

橙子小姐揶揄地揚起嘴角。只要脫下眼鏡，她就會變得無比壞心眼。

「……因為遺書沒有公開。死者已多達六人，不，是八人，起碼公開其中一人的遺言也好，警方卻一個勁地隱瞞。這算是隱匿資訊不報吧？」

「所以說，那就是關連性，不如說是共通之處更為正確。在那八人當中，大部分都有複數目擊者目睹死者主動跳樓的現場，她們的私生活也查不出任何問題，既沒有吸毒，也沒迷上可疑的宗教。只能斷定這些案件是出自於個人因素，對自身感到不安的突發性自殺。因此也不會想要留下遺言，警方也不把她們的共通之處當成一回事。」

「……妳是說遺書並非沒有公開，而是一開始就不存在？」

雖然我不能斷定……我半信半疑地說出口後，橙子小姐點點頭。

不過，這種事有可能發生嗎？

這其中有什麼矛盾之處。我端著咖啡杯，一邊品嘗那份苦澀一邊任思緒奔馳。

為什麼會沒有遺書？如果沒有遺書，人不會自行選擇死亡。

說得極端點，遺書代表一種眷戀。當排斥死亡的人類走投無路地自殺時，留下的東西就是遺書。

沒有遺書的自殺。

沒有寫下遺書的必要，意思就是不留任何意見，消失得乾乾淨淨。那正是完全的自殺，我認為完全的自殺應該是打從一開始就沒有遺書存在，甚至連死亡本身也不為人所知。

而跳樓並非完全的自殺。引人注目的死亡正等同於遺書，那不是想留下某些東西、想揭露某些事才會採取的行為嗎？既然如此，理應會以某種形式留下遺言。

那是怎麼回事？既然就算這樣也找不到類似遺言的痕跡——是第三者拿走了她們的遺書嗎？不，如此一來事件就不是自殺，而是帶著犯罪意味的死亡。

那會是什麼？我想到一個理由。

正如字面上的意思，是場意外？

她們原本就沒打算尋死，也就沒有寫下遺書的必要。和式昨夜喃喃說過的一樣，就像是她們只是到附近買個東西，卻倒楣地遇上車禍。

……不過讓我不解的是，究竟是什麼理由，會讓只是到附近買個東西的人變成從大樓屋頂跳樓自殺。

「幹也，跳樓事件到八個人後就會結束，然後會暫時沉寂一段時間。」

式加入對話，打斷我就快脫韁的思緒。

「妳知道什麼時候會結束？」

我忍不住脫口發問。沒錯，式望向遠方頷首答道。

「我去看過了，有八個人在飛。」

「喔，在那棟大樓有那麼多人嗎？式打從一開始就知道人數了吧。」

「嗯。雖然我解決了那傢伙，但那些女孩應該會再殘留一陣子，這讓人不太愉快——橙子，如果人類稍微學會飛，最後就會落得那樣的下場嗎？」

「這個嘛，因為有個人差異，我也不能斷言，不過以往從未出現成功只藉由自身力量飛翔的人類。飛行這個名詞，與墜落這個名詞是相連結的。但越是迷戀天空的人，越會欠缺這樣的認知，結果變成死了之後也只能持續朝雲端飛行。不會往地面墜落下來，等於是朝著天空墜落。」

式難以接受地皺起眉頭。

……式在生氣。可是，這股怒氣從何而來？

「那個……不好意思，我聽不懂妳們在說什麼耶。」

「嗯？不，就是那個巫條大樓的幽靈傳聞。沒看過實物，我無法判斷那是實體還是單純的影像。我本來有空就想過去看看，不過既然被式殺掉，那就沒辦法確認了。」

……啊，果然是那方面的話題。

沒戴眼鏡的橙子小姐和式在一起時，大多在談論這類超自然的話題。

「你也知道，式看到了飄浮在巫條大樓屋頂上的少女吧。那件事還有下文，好像有類似人形的物體在少女身邊匆匆地飛行著。我們正討論到，從她們不離開巫條大樓這一點來看，那裡可能形成了一張網。」

話題變得越來越奇特與難解。

或許是從我的臉色看出端倪，橙子小姐簡潔地做個結論。

「有個人在巫條大樓飄浮著，跳樓自殺的少女們環繞在她身邊。那八名少女等同是幽靈，只有一個人是活生生地飄浮著。真要解釋起來，結構就是那麼簡單。」

嗯……我姑且點點頭。

即使解開靈異故事的關鍵，這次我似乎也是直到事情結束後才有所接觸。而且根據式方才的臺詞，那個幽靈已經被式本人收拾了。

自從介紹橙子小姐與式認識後已過了兩個月，關於這方面的話題，我只能聽到解決經過。

和她們不同，平凡無奇的我也不想與這類事情扯上關係。然而，要是遭到忽視也很無聊，還是現在這種不偏向哪一方的立場剛剛好。像這樣的情況，世人是否都稱作不幸中的大幸？

「聽妳這麼形容，挺像三流小說的。」

對吧，橙子小姐同意道。

只有式的目光帶著更加強烈的怒氣，斜眼瞪我。

「…………？」

我做了什麼會惹她生氣的舉動嗎？

「咦？可是，式最早看見幽靈是在七月初，當時在巫條大樓的應該是四個人囉。」

為了確認，我提起理所當然的事實，式依然一臉不悅地將頭別開。

「是八人，一開始就有八個人在飛翔。我不是說過了，跳樓自殺的人數只到八個為止。就那些人的情況而言，順序剛好顛倒。」

「這意思是說，妳一開始就看見了八個幽靈嗎？就像先前那個有未來視能力的女孩一樣。」

「怎麼可能，我很正常的，只是那裡的空氣不對勁。對了，就像熱水與冰水相沖時一樣奇怪，所以才會……」

橙子小姐立刻接在她含糊不清的話語後往下說。

「所以才會說，那邊的時間不對勁。時間的流逝速度不只一種，事物達到腐朽的距離全都不均等。那也難怪名為人類的個體，與此個體持有的記憶在腐朽時會出現時間差。如果人死了，那個人的記錄會消失嗎？不會吧？只要還有觀測者在，一切事物都不會突然消失無蹤，而是漸漸回歸至無。

當人的記憶，不，應該說是記錄的觀測者並非人而是周遭的環境時，她們這類特殊人種即使在死後也會化為幻象在城裡闊步，這就是人稱幽靈的現象之一。能夠看到幻象的，是那些共享部分記錄的人……死者的朋友與親人。式算是例外。

那種『純屬記錄的時間流逝』，在那棟大樓的屋頂進行得異常緩慢。那些女孩生前的記錄，還沒追上她們本來的時間。

結果，就只有回憶還活著。那個地方映出的幻象，是以極慢速播放的少女們的行動記錄。」

橙子小姐說到此處，點燃不知已是第幾根的香菸。

「……………」

總之，就算有什麼東西消失了，只要還有人記得，就不會回歸至無，還有記憶就等於活著，既然是還活著的東西，眼睛自然也就看得到。

那簡直就像是幻覺——不，橙子小姐本人最後會以「幻象」作總結，是將其定義為本來不應存在的東西吧。

「……別講那些道理了，她們不會造成什麼危害。問題在於那傢伙吧，雖然我已經解決了，如果有本體在，那傢伙還會重複一樣的行徑。我可不想再當幹也的護身符了。」

「我有同感。巫條霧繪就由我來處理，妳送黑桐回去就好。距離黑桐下班還有五個小時，妳想要的話，可以在那邊地板上小睡一下。」

橙子小姐指出的地板這半年來從不曾打掃過，宛如塞滿紙屑的焚化爐。

式自然是當作沒聽到。

「到頭來，那傢伙究竟是什麼？」

叼著香菸的魔術師沉吟半晌，無聲地走向窗邊。

她透過窗戶望向外頭。這個房間沒裝電燈，室內僅有戶外的陽光照明，分不清現在是白天還是傍晚。

相對的，窗外則是明朗的白天。有好一會兒，橙子默默地注視著夏季正午的街景。

「從前，她也屬於飛行的一種吧。」

香菸的煙霧，漸漸融入白色的陽光中。

她俯瞰窗外景色的背影，宛如滲著白光的海市蜃樓。

「黑桐，你覺得從高處看到的景色會讓人聯想到什麼？」

這突如其來的問題，拉回我茫然的意識。

自從小時候參觀東京鐵塔以來，我就沒有登上高處的經驗，也不記得當時自己在想些什麼。只記得我努力地想找出自己的家在哪裡，卻因為找不到而沮喪地垂下肩膀。

「……那個，很小？」

「這答案也太有洞察力了，黑桐。」

……她冷淡地回應道。我重振精神，試著做出不同的聯想。

「……這個嘛，雖然聯想不到什麼東西，但我覺得應該很美麗。因為從高處看到的景色，會給人壓倒性的感受。」

或許是因為這回答比剛才更由衷幾分，橙子小姐輕輕頷首。她的視線依然投向窗外，開口說道。

「從高處往下看到的景色可壯觀了，即使是稀鬆平常的景物也能讓人感動。不過，將自己居住的世界一眼望盡時感受到的並非這樣的衝動。自俯瞰的視野獲得的衝動唯有一個——」

橙子小姐說出衝動二字後，停頓了一下。

衝動並非發自於理性或知性的感情。

我認為衝動不是像感想那樣出於自身內在的念頭，而是從外在襲來的意識。就算本人抗拒，這股意識還是會如同暴力一般趁人不備襲上心頭，我們將其稱作衝動。那麼，俯瞰的視野所帶來的暴力會是什麼——？

「那就是……遙遠。太過遼闊的視野，卻會轉變成與世界之間的明確隔閡。人類頂多只能對自己身邊的事物感到安心，無論有多麼精巧的地圖，知道自己身在何處的事實，那也只不過是知識罷了吧？對我們而言，世界僅限於能夠親身感受到的範圍而已。如果不親身前往地球、國家、都市的相連之處，我們就無法實際感受到大腦所知道的連結。事實上，這種認知方式並沒有錯。

因此若擁有太過遼闊的視野，就會產生誤差。自己所親身感覺到的十公尺見方空間，與自己往下看到的十公里見方空間，兩者明明都是自身居住的世界，前者卻給人更真實的感受。

你看，這樣一來已經產生矛盾了吧？比起自己感受到的狹隘空間，眼前的遼闊風景才是自己『居住的世界』，這樣的認知是正確的。但是，卻怎樣都無法實際感受到自己就存在於這遼闊的世界中。

為什麼呢？那是因為，實際感受總是以得自周遭的資訊為優先。於是由知識衍生的理性與經驗衍生的實際感受產生摩擦，最後兩者之中會有一方被磨損殆盡，意識開始出現混亂。

——從此處往下看見的都市是多麼渺小，我甚至無法想像那間房子就是我家。那座公園的形狀是這樣嗎？我都不知道那邊有棟那樣的建築物。這裡簡直就像個陌生的城市，總覺得我好像來到了非常遙遠的地方──太高的視點，會令人湧現這樣的實際感受。別說什麼遠方，當事人明明還站在城市一角啊。」

高處就是遠方，從距離上來看也顯而易見。不過，橙子小姐指的應該是精神方面。

「意思是說，從高處眺望太久並不好嗎？」

「如果超出限度就不好。古代人將天空視為另一個世界，飛翔也代表著前往異界。少了文明的武裝，人就會受到不同的意識侵蝕，正常的意識將陷入狂亂。不過，要是擁有可靠的認知防護，就不會受到太多不良的影響。只要有了穩固的立足點便沒有問題，回到地面即可恢復正常。」

……聽她一說，我想起過去從學校屋頂俯望操場時，腦海中曾忽然浮現一個念頭，想著跳下去會怎麼樣。

那當然只是個開玩笑的念頭，沒有半點實踐之意，但我為何會浮現如此露骨地與死有關的聯想？

雖然橙子小姐說過有個人差異，但我認為想像自己從高處墜落的樣子，並非多麼稀奇之事。

「……也就是說，思維會暫時陷入狂亂嗎？」

哈哈……我說出感想後，橙子小姐發出一陣乾笑。

「無論是誰，都會夢想著接觸禁忌啊，黑桐。人們擁有驚人的自慰能力，以想像不能做的行為來取樂。對了……和這次的情況有點接近。重點在於，禁忌的誘惑只有在那個地方出現，也只與那個地方有關，不過這也是理所當然的。方才你提到的例子，不是意識狂亂，而是理性遭到麻痺。」

「橙子，妳說的太多了。」

式彷彿已無法忍受似的插話。聽她一提，我發現話題的確脫離了正軌。

「哪裡會多，我才講到起承轉合的第二步驟而已。」

「我只想聽結論，我可受不了陪妳和幹也這樣聊下去。」

「式……」

她的意見雖然過分，卻很有道理。

式不理會連一句話也沒說的我，繼續抱怨道。

「還有，儘管妳說從高處眺望的景色有問題，那普通的視點又怎麼樣？即使在走路的時候，我們的視點不也比地面更高嗎？」

和式看來只像在挑毛病的態度相反，這句話的確說得一針見血。人類的雙眼確實位於比地面更高的位置，所望見的景色大都可說是俯瞰。

聽到式的問題，橙子小姐點點頭。

「但妳認為是水平的地面，角度也是不確定的喔。包括這些變數在內，一般的視野不稱作俯瞰。

視野並不是眼球看到的景象，而是透過大腦處理過的景象。我們的視野受到我們的常識保護著，不認為自身的高度叫高，甚至覺得是種常識，沒有高這個概念存在。反過來說，凡是人類，都活在俯瞰的視野中。這裡指的不是肉體上的觀測，而是精神上的觀測。其個人差異各有不同，精神越是膨大的人，就越會嚮往高處吧。但即使如此，也不可能脫離自己的箱子。

人是活在箱中的生物，也只能在箱中生活。人不可獲得神的視點，一旦跨越那道界線，就會變成那種怪物。幻視（Hypnos）將化為現死（Thanatos）（註1），使得使得兩方的分別變得曖昧不明，結果無法判別。」

說著這番話時，橙子小姐也俯望著人世。

雙腳著地，望向下方。

我認為這件事非常重要。

「……………」

忽然間，我想起那場夢。

——蝴蝶最後還是墜落了。

如果沒試圖跟上我，她大概可以飛得更加優雅吧？

沒錯，若以飄浮的方式拍打翅膀，應該能夠撐得更久。

1　幻視（gensi）與現死的日文發音相同，而Hypnos(希臘神話中的睡眠之神)和Thanatos(死亡之神)則暗喻沉睡與死亡。作者用這句話表示兩者間區隔難以分辨。

但是，由於蝴蝶已經知道了飛翔是什麼感覺，再也無法忍受飄浮的微不足道。

所以她飛了起來，不再飄浮。

我是那麼詩情畫意的人嗎？想到這裡，我疑惑地歪歪頭。

窗邊的橙子小姐將香菸扔向外頭。

「巫條大樓的波動，說不定是她看見的世界。我可以推測，式感覺到的空氣差異是區分箱內與箱外的障壁。那是僅有人的意識才能觀測到的不連續面。」

橙子小姐的話告一段落，式終於收起不悅的態度。

哼，她嘆了口氣，任目光游移。

「不連續面啊。對那傢伙來說，哪一邊是暖流、哪一邊又是寒流？」

相對於這句嚴肅的臺詞，式卻一副無關緊要的樣子。

橙子小姐同樣不感興趣地回答。

「當然，會和妳相反吧。」

2／兩儀式

——我的頸骨嘎吱作響。

這陣顫抖是源於外面的寒意，還是內在的寒意？

因為無法分辨，兩儀式將此事拋在一旁，悠然前行。

巫條大樓裡不見人影。

現在是凌晨兩點，只有泛白的電燈映照著公寓的走道。徹底驅走黑暗的人工光芒缺乏人味，比起應該驅除的黑暗更令人毛骨悚然。

式穿越需要刷卡的玄關，搭上電梯。

電梯裡空無一人，壁面貼著鏡子，可以讓乘客看見自己的模樣。

鏡中有一個穿著淺藍和服配上紅色皮夾克的人物，露出倦怠的眼神。

那雙茫然的眼眸，不關心任何事物。

式面對著鏡中的自己，按下通往屋頂的電梯按鈕。

隨著靜靜的機械聲響，她周遭的世界逐漸上升。這個機械製成的箱子將會緩緩地抵達屋頂吧。

在這短暫存在的密室裡，現在無論外界發生什麼事都與式沒有關連，也無法產生關連。這份實際感受，微微沁入她本應空虛的心。

只有這個小箱子，是自己此刻應當去感受的世界。

電梯門無聲地開啟。

前方景物隨之一變，是一個沒有光的空間。抵達這僅有一扇門扉通向屋頂的小房間後，電梯留下式回到一樓。

此處沒有電燈，周遭瀰漫著令人窒息的黑暗。

她踏著腳步聲越過小房間，打開通向屋頂的門。

——黑暗轉為了昏暗。

城市的夜景躍入眼簾。

巫條大樓的屋頂沒有特徵可言，地面是一片裸露在外的平坦混凝土，四周圍著鐵絲網。

除了式方才所在的小房間上裝著水塔以外，就沒什麼引人注目之處。

屋頂本身平凡無奇，然而，那裡唯有景色是異樣的。

由比起周遭建築物高十層樓的屋頂眺望，那片夜景與其說是美麗，更讓人不安。

感覺就像登上細長的梯子，俯視著下界一樣。夜晚的城市很陰暗，宛若陽光無法照射到的深海，看來的確很美。四處閃爍的燈火，有如深海魚在眨眼。

——如果自身的視野就是世界的一切，此刻世界的確正在沉睡。

宛如一場永遠的沉眠，可惜卻只是暫時的。

這股寂靜比任何寒意都更強烈地絞緊心臟，直至發痛——

夜空顯得格外澄澈，彷彿與眼下的街景形成對照。

如果城市是深海，夜空就是純粹的黑暗。在那片黑暗上，星辰就像散落的寶石那般閃閃發光。月亮是洞穴，只像一個鑿穿夜空這張黑色圖畫紙的巨大洞穴。

所以它其實不是反射太陽的鏡子，只是在窺視這一側的景色——在兩儀家，式曾聽人這麼說過。

據說，月亮是異界之門。以從神話時代開始一直孕育魔術、女性與死亡的月為背景，一個人影飄浮著。

在人影四周，有八個少女在飛翔。

◇

飄浮在夜空中的白色身影屬於一名女子。她穿著一塵不染的雪白衣裳，一頭長髮直達腰際。露在衣服外的四肢很纖細，將她襯托得越發優雅。

那一對細眉與冷淡的眼眸，宛如不再受壽命拘束，活在繪畫中的生物。

年紀大概是二十出頭，不過，能否用生命的年齡來估算與幽靈相仿的她也是個問題。

白衣女子並不像幽靈那般朦朧不清，而是真實存在著。要說幽靈的話，以她為中心在夜空中盤旋的少女們大概才是。
她們輕飄飄地在半空中游移，既像在飛行又像在游泳。那些身影也朦朧不清，不時還會變得透明。
白衣女子位於式的頭上，八名少女就像護衛一般在夜空中游動。
這一連串的景象並不令人毛骨悚然，倒不如說——
「哼——這傢伙確實著了魔。」
式嘲笑似的呢喃。
那名女子的美麗，已經超乎人類的範疇。
一頭宛如以一根根絲線梳就的黑髮滑順無比，只要風勢一大，黑髮迎風飛舞的模樣就散發出幽玄之美。
「既然如此，就非殺不可了！」
女子或許是聽見了式的呢喃，將視線投向下方。
她身在比起高達七十公尺以上的巫條大樓屋頂還高四公尺之處，與抬頭仰望的式四目相會。
兩人沒有交談，甚至沒有共通的語言。
式從外套內抽出刀子。刀刃有六吋長，與其說是刀更像柄只由白刃構成的凶器。
來自上空的視線蘊含殺意。
白衣輕輕晃動，女子纖細的指尖指向了式。那纖細脆弱的肢體，讓人聯想到的並非白色。

「————是白骨嗎？‧是百合。」

在風止息的夜裡，聲音漫長地在半空中迴響。

她伸來的指尖蘊含殺意，白皙的手指對準了式。

式的頭就像暈眩般晃了晃，纖瘦的身軀搖搖欲墜地踉蹌幾步。

僅僅只有一次。

「————」

這似乎讓頭上的女子微露怯意。

「妳能夠飛行」的暗示，對此人無效。

只要向對方的意識灌輸「你在飛行」的印象，就可以超越暗示的領域達到洗腦的效果。這是無法抗拒的。在無從逃避的暗示下，人會真的去嘗試飛行，卻不敢相信這個事實，害怕起正在飛行的真確感受而逃離屋頂。

但施加在式的身上，效果卻只是有點頭昏而已。

「————」

是接觸不夠深入嗎？‧女子訝異地想著，再度試圖施加更強烈的暗示。

由「妳能夠飛行」這種淺薄的印象，轉為確切的「妳要去飛」。

──然而，式卻早一步「看」到了女子。

雙腳兩處，背脊一處，胸部中心略略偏左的地方一處──式確實「看」到了名為死的切斷面。

要下手還是挑胸部一帶最好，只要一中必死無疑。不管她是幻象還是什麼，只要是活著的東西，就算是神我也殺給你看。

式單以右手舉起刀子，反手握住刀柄，定睛凝視上空的敵人。

剎那間，式的心中再度湧現那股衝動。

……可以飛翔，我可以飛翔。我打從以前開始就很喜歡天空，昨天也飛翔過，今天應該得飛得更高。飛行是自由的、安詳的，宛如笑聲。我得快點過去。奔向何處？奔向天空？奔向自由？

──那是逃避現實，是對天空的嚮往，是重力的反作用。腳並沒有著地，在無意識下的飛行。去吧、去吧、去吧、去吧、去吧、去吧、去吧、去吧、去吧──

──去啊！

「開玩笑。」

式舉起空著的左手。這誘惑對她不管用，甚至已不再感到暈眩。

「我原本就沒有懷抱那種憧憬。我不認為自己活著，也不曉得生存的痛苦。其實妳想怎麼搞，我都沒意見。」

──她宛如歌唱般地呢喃。

式感覺不到生存所連帶的悲喜交織，與種種大小不一的束縛。

因此，從痛苦中獲得解脫對她也毫無魅力可言。

「不過，那小子要是就這樣被妳帶走，我可是會很困擾的。是我先看上他的，我要妳還來。」

式空無一物的左手在半空中握起，直接往後一扯。女子與少女們就像受到左手牽引一般，猛然被拉向式的身旁。

就像落入魚網的魚群，連同海水一起被拖上陸地那般。

「————！」

女子臉色大變。她凝聚更大的力量，以意志襲擊式。如果言語相通，她大概是這麼吶喊著吧。

墜下去！

「要墜下去的人是妳。」

完全無視於那股怨恨——式的小刀貫穿急驟落下的女子胸膛，如同在切水果般輕鬆，銳利得連中刀者都為之著迷。

傷口沒有流血。被利刃從胸口直透背心的衝擊讓女子動彈不得，僅僅抽搐了一下。

式滿不在乎地將遺體拋向鐵絲網護欄之外——拋向夜晚的都市。

女子的軀體穿越護欄，無聲無息地墜落。
即使在墜落時，她的黑髮也沒有凌亂飛舞，一身隨風鼓漲的白衣消融在黑暗中。
宛如一朵漸漸沉入深海的白花。

◇

兩儀式離開屋頂。
在她頭頂上方，少女們依然飄浮在半空中。

3／巫條霧繪

⋯⋯

我在胸口被利刃貫穿時醒來。

那是股驚人的衝擊。居然能輕易刺穿人類的胸膛，她的力氣想必很大。

然而，那股力量並不狂暴。

沒有一分多餘，理所當然地貫穿骨骼之間的空隙，血肉之間的窄縫。

那是令人恐懼的一體感，死亡的真實感受舔舐全身。

我聽見心臟被刺破的聲音、聲音與聲音。

比起痛楚，那種感覺更令我感到疼痛。因為那既是恐懼，也是無可言喻的快感。

掠過背脊的惡寒強烈得幾乎讓我瘋狂，我渾身抖個不停。

這陣顫慄裡包含了足以令人痛哭失聲的不安與孤獨，還有對生命的執著，我連聲音也發不出，只是一個勁兒地哭泣著。

我落淚的原因並非出於恐懼或疼痛。而是因為，就連每晚都要祈禱自己能活到明天早晨才入睡的我都不曾體驗過的死亡，就包含在其中。

我恐怕永遠無法從這股惡寒中逃脫吧。

相反地，我已經深深迷上了這種感覺——

⋯⋯

房門喀嚓一聲打開了。

時值午後，我感覺到陽光透過關起的窗戶射了進來。

現在不是診察時間，那麼，是有人來探病嗎？

我住在個人病房裡，沒有其他病患同房。室內只有洋溢滿室的陽光，從不曾隨風搖曳的奶油色窗簾與這張病床。

「打擾了，妳就是巫條霧繪嗎？」

訪客應該是名女性。她以銳利的聲調打過招呼後，連椅子也不坐地走到我身旁。她似乎停下腳步，低頭看著我。

那道目光很冰冷。

⋯⋯她是個可怕的人，一定會毀滅我。

儘管如此，我內心仍有些歡喜。已經好幾年沒有人來探望我了，就算對方是前來替我補上致命一擊的死神，我也無法趕她走。

「妳是我的敵人對吧？」

是啊，女性頷首回答。

我聚精會神，努力試圖看清訪客的身影。

——或許是陽光太過強烈，我只看得出大略的剪影。

雖然沒穿外套，她那身不見半點皺摺的西裝就像是學校的老師，讓我有點安心。不過白襯衫配上深橘色的領帶太過顯眼，得扣一點分數。

「妳認識她？或者妳就是她本人？」

「不，我認識攻擊妳的人，也認識被妳攻擊的人。真是的，偏偏和那些怪人扯上關係，妳——不，我們的運氣都很差。」

女性說完後，從襯衫口袋裡掏出什麼東西，又立刻收回去。

「病房裡禁菸對吧。特別是妳又得了肺病，香菸對妳有害。」

她遺憾地說。

她方才取出的好像是菸盒。雖然我對香菸一無所知，卻想看看這個人抽菸的樣子。

大概……不，一定會像穿戴蜥蜴皮製的女鞋與手提包的模特兒般適合她。

「妳生病的地方不只肺部吧？雖然肺病是主因，但妳全身各處都已長出腫瘤。從末期的惡性肉瘤開始算起，內臟的情況特別嚴重。唯一還保持正常的，只有這頭黑髮了。明明病情如此嚴重，真虧妳的體力可以支撐得住。換成一般人，早在遭病魔侵蝕到這種地步之前就會死去了——有多少年了？巫條霧繪。」

她大概是問我住院多久了吧。不過，我無法回答這個問題。

「不知道，我已經放棄計算了。」

因為去算也沒有意義。到死為止，我都無法離開此處。

是嗎，女子簡短地呢喃。

我討厭那既非同情也非厭惡的聲調。同情是我唯一能夠得到的施捨，她卻連這點東西也不肯給予。

「被式切斷的部位沒事嗎？聽說她刺中了心臟左心房到大動脈的中間，應該是二尖瓣附近。」

她口氣平靜地說出驚人的臺詞。這段對話之奇妙，令我忍不住笑出聲來。

「妳真是個怪人。如果心臟被切開，我怎麼可能像這樣和妳交談。」

「說得正是，我就是在確認。」

原來如此，她是以談話來確認，我是不是被那個衣著既非西式也非日式的人打倒的對象。

「不過，影響遲早會出現的。式的眼睛威力很強，即使她是雙重存在，崩壞也遲早會傳遞至妳這個本體上。在這之前，我有幾件事想請教，才特地跑來一趟。」

雙重存在……她指的是另一個我嗎？

「我沒看過飄浮的妳，可以告訴我她的真面目嗎？」

「我自己也不清楚，畢竟我只看得到從這扇窗戶望出去的景物，不過，或許問題就出在這一點上。我一直從這裡向下看著外頭，看著彩繪四季的樹木，以及交替出院、住院的人們。即使我出聲也無人聆聽，即使我伸出手也無法觸及那一切。一直以來，我都待在這間病房裡苟延殘喘，一直憎恨著外面的景色。這種念頭就叫詛咒對嗎？」

「……嗯，是巫條的血統嗎？妳的家系屬於古老的純血種，似乎是祈禱方面的專家，本性看來則是靠詛咒維生啊。巫條（Fujoh）這姓氏，說不定是轉自不淨（Fujoh）。」
家系。
我的家，也將在我這一代斷絕。因為在我住院不久之後，父母與弟弟便意外身亡。
後來，據說是父親的朋友代為支付了我的醫藥費。他的名字就像和尚一樣難記，我想不起來他是個怎樣的人。
「但是，詛咒不能在無意識下進行。妳究竟許了什麼願望？」
……我不知道。即使是這個人一定也不知道吧。
「妳曾持續眺望過外面嗎？一年接著一年，一直注視到喪失意識為止……我討厭外面，覺得怨恨又害怕。我一直從上方向下看著，結果眼睛在不知不覺間出現異狀，變得好像從不遠處的中庭空中往下看著地面一樣。那感覺就像是我的軀體和心靈留在這裡，只有眼睛飛到了空中。可是我無法離開此處，終究也只能從這一帶由上往下看。」
「……妳將周遭的風景烙印在腦海中了？如此一來，無論從哪個角度都可以看得到吧——妳就是在那時候失去視力的嗎？」
我吃了一驚，她發現了我幾乎失明的事實。
「沒錯，世界漸漸泛白，最後變得空無一物。我最初還以為是一片漆黑，不過我錯了，是眼睛變得什麼也看不見。
然而，這一點並未造成任何問題。我的眼睛已經飄浮在空中，即使只看得見醫院周遭的景色，但我本來就無法離開此處。情況沒有任何改變，沒有任何——」

說到這裡，我嗆咳起來。畢竟好久沒說那麼多話了，而且，我總覺得眼瞼發燙。

「原來如此，這表示妳的意識存在於空中是吧。不過——那妳為何還活著？如果巫條大樓的幽靈真是妳的意識，妳應該早就死在式的手中。」

沒錯，我也對此感到不解。

那女孩……名字似乎叫式，為什麼她可以傷到我？

那個我明明無法觸及任何事物，相對的也不會為任何事物所傷。名叫式的女孩出現在屋頂上，就像那個我擁有真正的肉體般乾脆地殺了她。

「回答我，在巫條大樓的妳是真正的巫條霧繪嗎？」

「巫條大樓的我，並不是我。我一共有兩個，一個一直注視著天空，一個置身於空中。那個我拋下我飛走了。即使是我自己，都捨棄了我。」

女子倒抽一口氣，首度展現帶有情緒的反應。

「人格一分為二——應該不是吧。妳原本只有一個容器，卻有人給了妳第二個……妳用一個人格操縱了兩具軀體嗎？我的確沒看過類似的例子。」

聽她一說，或許真是如此。

我拋棄位於此地的我，向下望著都市。可是，不管哪一個我的雙腳都絕對無法著地，僅僅是飄浮著。無論我多麼渴望，與窗外世界相隔絕的我都無法突破這層隔閡。

即使分開了，我們終究還是相連的。

「——我懂了。不過，為何幻視外面的世界仍無法讓妳滿足？應該沒有必要讓她們跳樓吧？」

她們——啊，是那群令人羨慕的女孩嗎，我對她們很過意不去。可是，我什麼也沒做，是她們自己要跳樓的。

「巫條大樓的妳很接近意識體，妳是利用了這一點嗎？那群少女打從一開始就在飛翔吧？不論那是只存在於她們夢中的印象，或是她們實際具備飛行能力。

不是罹患夢遊症，而身為夢遊飛行者的人數比想像中多，但這不成問題。因為，他們若未處在無意識狀態中就不會出現任何症狀，只有在無意識時才會毫無惡意地飛翔，正常的時候連想都沒想過要飛行。在這些飛行者之間，她們是更為特殊的。儘管不是小飛俠彼得潘，幼年期的生物較容易飄浮。那些少女其中或許有一、兩個人真的在飛翔，但大多數應該只有意識在飛行，只覺得做了場飛行的夢。是妳讓她們察覺到這一點，將她們從無意識下的印象拉回現實。

結果，她們得知了自己可以飛行的事實。啊，當然可以飛行，不過那僅限於無意識狀態下。要人類單獨飛行是很困難的，就算是我，沒有掃帚也飛不起來。有意識的飛行，成功率只有三成。那些少女理所當然地試圖飛翔，也理所當然地墜落。」

沒錯，那些女孩在我周圍飛翔著。我以為我們做得成朋友，但是她們卻沒有注意到我，僅僅像游魚般飄浮著。

當我發覺她們沒有意識後，很快就做了決定。我明明以為只要叫醒那些女孩，她們就會注意到我了。

我要的明明只是如此，為什麼會———

「妳會冷嗎?妳在發抖。」

女子的聲調依然如塑膠般缺乏滋味，我抱住惡寒不止的背部。

「再讓我問一個問題。妳明明怨恨外頭的世界，為何會嚮往天空?」

那大概是——

「因為天空沒有盡頭。我認為如果能無拘無束地漫遊、能自由飛往任何地方，就可以找到我不討厭的世界。」

妳找到了嗎?她問道。

我的惡寒停不下來。我的身軀就像被人抓著搖晃般顫抖著，眼瞼變得越來越燙。

我點點頭。

「——每天晚上，我都害怕地想，我到天亮時還能睜開眼睛嗎?還能活到明天嗎?我很清楚，自己一旦入睡就再也沒有力氣醒來。

在我如同走在鋼索上的生活中，有的只是對死亡的恐懼。相反的，我也因此才能產生活著的實際感受。我空虛的生命裡只有死亡的氣息，卻也只能依賴那股死亡的氣息才得以活下去……因為平日的我早已是具空殼，除了面對死亡的瞬間外，都無法感受到自己活著。」

沒錯。所以，我迷戀死亡更甚於生命。

無拘無束地漫遊，自由飛往任何地方。

——為了這個心願……

「妳把我家那小子帶走，是想拉他一起陪葬嗎？」

「不，當時我並未發現這件事。我對生命有所執著，想要活生生的飛翔，如果和他在一起，應該就辦得到。」

「……式和妳很相像啊。妳會選上黑桐還算有救，在他人身上尋求自己缺乏的生存實感，倒也並非壞事。」

黑桐。是嗎，那個名叫式的人是來要回他的？他的救星，對我而言則是決定性的死神。

不過，我並不後悔。

「他是個小孩子呢。他總是看著天空，總是那麼直率，所以只要他有心，想到飛到哪裡去都不成問題。沒錯——我好希望他能帶我一起走。」

我的眼瞼好燙。雖然不太確定，我多半正在哭泣。

這些淚水不是出於悲傷——如果真的能和他一起前往什麼地方，那該有何等幸福。因為這是無法實現、是不可以實現的夢想，才會如此美麗，讓我濕了眼眶。

——那是我這幾年以來，唯一看見的幻想（夢）。

「不過，黑桐對天空不感興趣……越是嚮往天空的人，就越無法接近天空嗎？真是諷刺。」

「是呀。我曾聽說過，人類會懷抱著許多不必要的東西。我擁有的只有飄浮，我無法飛翔，只能夠飄浮而已。」

眼瞼的熱度消散。從今以後，大概再也不會發燙了吧。

這股掠過背脊的寒意，就是如今唯一支配我的事物。

「打擾妳了。這是最後一個問題，妳今後有何打算？我可以幫妳治療式所留下的傷勢。」

我沒有回答，只是搖搖頭。

女子似乎微微皺了眉。

「……這樣嗎。所謂的『逃』有兩種，漫無目的的逃以及帶有目的的逃。一般將前者稱為『飄浮』，後者稱為『飛行』。

妳的俯瞰風景屬於哪一種，得由妳自己來決定。不過，若妳要依罪惡感做出抉擇，那可就大錯特錯了。我們並不是根據背負的罪來選擇道路，而是先選擇道路再背負起自己的罪孽。」

於是，她離開了。

儘管她直到最後都沒有報上姓名，但我明白那是因為沒有必要。

……她一定早就知道，我會選擇怎樣的結局。因為我飛不起來，只是浮著而已。

我很懦弱，無法照那個人所說的去做。

所以，我也無法戰勝這種誘惑。

那個時候——我在心臟被貫穿的瞬間所感受到的閃光。

那壓倒性的死亡奔流與生命鼓動。我雖然一直以為自己一無所有，沒想到卻還保有如此純粹寶貴的東西。

那就是死。

令背脊為之凍結的恐懼。

為了我一直輕蔑至今的，存在於我生命中的一切。我必須挺身衝撞所有的死亡，去感受活著的喜悅。

但是，我不可能再像那一夜那樣死去了。

我大概無法再奢求那樣令人震撼的死法，那種如針劍、雷電一般貫穿我全身的死法。

所以，我想盡可能地接近那股感覺。儘管想不出什麼點子，但我還有幾天的時間，沒問題的。

而且，方法早就決定好了。

雖然根本不值一提，我終究認為自己最後還是應該死於從俯瞰墜落。

／俯瞰風景

太陽下山後，我們離開橙子小姐的廢棄大樓。式居住的公寓就在這一帶，但我住的公寓距離此處有二十分鐘的電車車程。

或許是睡眠不足的關係，式的腳步搖搖晃晃，不過卻緊靠在我身旁往前走。

「自殺是對的事嗎？幹也。」忽然間，式這麼發問。

「……這個嘛，好比說，我感染了非常凶猛的反轉錄病毒，要是我活著，全東京市的人都會喪命。只要我一死，所有人就都能得救的話，我應該就會自殺吧。」

「什麼跟什麼啊。根本不可能發生的情況，怎麼能拿來做比喻。」

「那不重要啦。但也是因為我很懦弱吧，我不認為自己有膽量為了活下去而與全市的人為敵，才會選擇自殺。那樣比較輕鬆啊。一時的勇氣，與必須永遠維持下去的勇氣，哪邊比較痛苦，妳應該懂吧？這麼說雖然很極端，但我認為無論出於何種決斷，死亡其實都是一種推卸。不過，當事人可能也有逼不得已想要逃避的時候吧，這點我無法去否定，也無法提出反對意見。因為，我也是個懦弱的人啊。」

……可是，在剛才的狀況下選擇自我犧牲大概是正確的，此一行為也會獲得英雄般的評價吧。

但這是不對的。無論再怎麼正當、再怎麼了不起，選擇死亡都是愚昧的。不管有多沒出息、有多錯誤，我們大概必須為了糾正那些錯誤而活下去。我們必須活下去，接受自己的所做所為導致的結果。

這麼做很有勇氣。我不認為自己辦得到，也覺得有些自以為是，便沒有說出口。

「……呃～總之，這種事是因人而異吧。」

當我半吊子地作個結論，式訝異地看向我。

她彷彿看穿我內心的想法般說道。那句話雖然冷淡，卻又帶著一股暖意。

「不過，你並不是。」

我總覺得很難為情，默默地走了一段路。

大馬路上的喧囂聲漸漸接近。五花八門的燈光與行人、熱鬧的車燈與引擎聲，洋溢的人潮與許許多多的聲響迎面而來。

穿越大馬路上林立的百貨公司後，車站就在眼前。

此時，式停下腳步。

「幹也，今晚留下來。」

「啊？怎麼這麼突然。」

別問這麼多，式拉住我的手……式的公寓就在附近，在那邊過夜當然省事不少，但我覺得在道德上有些疑慮。

「不用了啦，式的房間不是什麼也沒有嗎，去了也很無聊。還是說妳有什麼事？」

我當然知道她不會有事找我。既然我明知故問，式應該沒有反擊的機會……然而，她卻像要說錯在我身上一樣，露出責備的目光提出反駁。

「草莓。」

「啊?」

「你前陣子買的那兩盒哈根達斯的草莓口味冰淇淋，還擺在那裡，快點解決掉。」

「……話說回來，好像是有這檔事。」

我想起來了，那是我在去式公寓的路上，因為天氣太熱而買的伴手禮。不過，為什麼我會買冰淇淋?日子明明都快到九月了。

唉，這點小事無關緊要。看來現在只能順著式的意思，這讓我覺得有點不爽，想稍微做點反擊。她有個痛處，一被人提起時不是生氣就是陷入沉默。雖然這是黑桐幹也發自內心的請求，式卻還不肯接受。

「真拿妳沒辦法，那今晚我就留下來吧。不過啊，式。」

嗯?她看了過來，我一臉認真地提議。

「『快點解決掉』這句話未免太粗魯了，稍微修飾一下妳的說話方式吧。因為妳可是個女生。」

「————」

式對女生這個名詞做出反應。

少囉嗦，你管那麼多幹麼。她不高興地把頭撇向一旁，喃喃回嘴。

／俯瞰風景　完

◇

那一天，我選擇走大馬路回家。

對我來說，這是難得的心血來潮。

我茫然地走在早已看膩的大樓之間，沒多久就有一個人掉了下來。

很少有機會這樣聽見骨骼折斷的喀嚓聲，那人很明顯是從大樓墜落而死的。

紅色在柏油路面上淌流開來，

殘骸中保有原形的部分，是一頭長長的黑髮，與那纖細、讓人聯想到白色的脆弱手腳，還有血肉模糊的遺容。

這一連串的影像，令我幻想著夾在舊書頁當中被壓成扁平的壓花。

我認得那個人是誰。

睡眠（Hypnos）終究得回歸於現實（Thanatos）。

當我忽略聚集過來的人群邁開步伐，鮮花匆匆地追了上來。

「橙子小姐，剛剛那是有人跳樓自殺吧。」

「是啊，好像是。」

……我含糊地回答。老實說，我不太感興趣。

無論當事人下了什麼決定，自殺還是會被視為自殺來處理。

既非飛行也非飄浮，她最後的意志會以墜落這個名詞為終結。這結果只帶著空虛，不可能勾起我的興趣。

「我聽說去年發生過很多起，現在又開始流行了嗎?不過，我無法理解自殺的人在想些什麼。橙子小姐能夠理解嗎?」

嗯，我再度含糊地頷首。

我仰望天空，彷彿要眺望本來不可能存在的幻象般回答。

「自殺是沒有理由的，只不過是今天沒能飛起來罷了。」

2/
……and nothing heart.
殺人考察（前）

————1995年4月，

我和她相遇了。

／殺人考察（前）

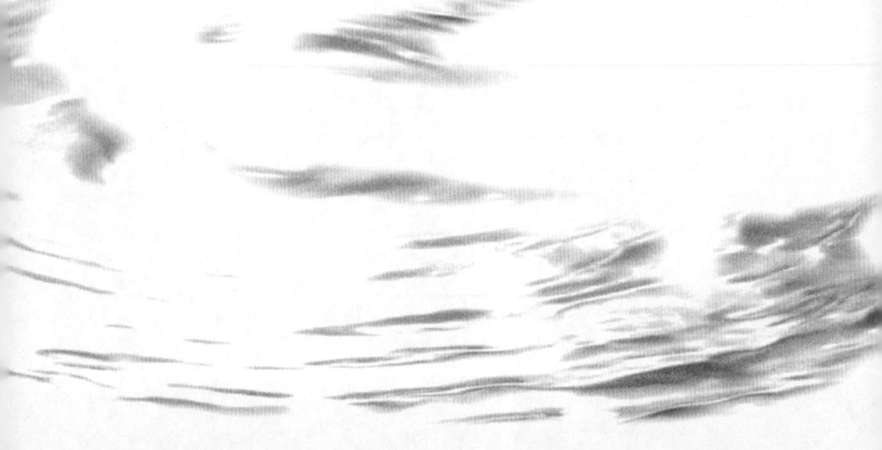

／1

今晚，我也出門散步。

以夏季尾聲來說，今天的天氣偏涼，大概是冷風帶來了秋天的氣息。

「式小姐，今晚請您早點回來。」

我在玄關套上鞋子時，負責照料我生活起居的秋隆如此規勸道。

我無視於他那無趣又缺乏高低起伏的聲音，走出玄關。

我經過宅邸庭園，穿越大門。

離開宅邸後，外頭不見電燈的光芒。周遭一片黑暗，是個沒有人影的寂靜深夜。現在是凌晨零點，日期正要從八月三十一日變成九月一日。

風微微吹過，環繞宅邸的竹林沙沙作響。

——我心底浮現一種不好的感覺。

在這樣會喚起強烈不安的寂靜中散步，是名為式的我唯一的嗜好。

夜色越深，黑暗也變得越發濃郁。

我之所以會走在空無一人的街道上，大概是因為想要獨處。還是說恰好相反，只是想讓自己覺得正在獨處……？無論是哪一個，都是無聊的自問。不管再怎麼做，我明明都不可能獨處的。

——我離開大馬路，拐進小巷之中。

我今年十六歲了。

就學年來說則是高中一年級，就讀一所平凡的私立高中。無論讀哪所學校，反正我都只能留在宅邸裡，學歷也就毫無意義。那麼，還是進入距離最近的高中，縮短通學時間會有效率得多。

不過，這個選擇或許出了錯。

——巷弄裡更加陰暗，僅有一盞路燈神經質地閃爍著。

我忽然想起某人的臉龐，不禁咬緊牙關。

最近這陣子，我有些心神不寧。即使是在夜間散步的途中，也會像這樣因為一點契機就想起那個男子。

當上高中生之後，我的環境也沒有變化。不管是同學或是學長姊，周遭的人都不會接近我。雖然原因不太清楚，多半是我容易將想法表現在態度上吧。

我極度厭惡人類。打從小時候開始，我就實在無法喜歡上他們。而無可救藥的是，我也是人類，我甚至連自己都討厭。

由於這個緣故，就算有人跟我說話，我也很難親切地加以應對。

……我並未因為厭惡而憎恨人類，不過周遭的人們似乎是這麼解釋的。我這樣的性格在學校裡傳開，大約一個月後，已不再有誰想搭理我。

正好我也比較喜歡安靜，就對周遭的反感置之不顧，得到了理想的環境。

可是，這理想卻不完美。

在同學之中，唯有一個學生將我視為朋友相待。那個姓氏像法國詩人一樣的傢伙，對我來說是個麻煩。

沒錯，真的很麻煩。

——遠方的路燈下出現一個人影。

我一時大意，想起了那傢伙毫無戒心的笑容。

——人影的舉動有些行跡可疑。

事後想想，為什麼當時……

——不知為何，我尾隨在人影之後。

我會感到如此狂暴的興奮？

◇

從巷弄走進更深處的小巷後，那裡已化為一個異世界。
來到盡頭的巷弄不再是道路，發揮了密室的作用。
即使在白天，這條被建築物牆壁所包圍的狹窄小路應該也是陽光照射不到的空間。在這個可稱為都市死角的隙縫裡，原本應該住著一名流浪漢，現在卻不見蹤影。
左右兩側的褪色牆壁，被人刷上嶄新的油漆。
有什麼東西，將這條稱不上是道路的狹窄小徑淋得濕漉漉的。
時時瀰漫在空氣中的爛水果臭味，為另一種更加濃郁的氣息所汙染。
——四周是一片血海。
本以為是紅色油漆的痕跡，原來是大量的血液。直到此刻還繼續滴在路面上緩緩流動的液體，是人的體液。
竄入鼻孔的氣味來自於黏稠的朱紅色。
在血海中央，倒著一具人類的屍體。
看不見屍體的表情。他沒有雙臂，雙腳也從膝蓋以下遭到切除。他如今已非人類，化為僅會潑灑鮮血的灑水器。
此處已是一個異世界。

就連夜色的黑暗，也在鮮血的赤紅下敗退。

——她（Siki）在此綻開笑容。

原本淺藍色的和服衣襬，已染上鮮紅。

她如白鶴般優雅地觸碰在地面流動的血液，抹在自己的唇瓣上。

血滴自唇角滑落。

那股恍惚感，令她的身軀為之顫慄。

那是她第一次抹上口紅。

／2

暑假結束，新學期開始了。

學校生活沒有變化，改變的頂多只有校內學生的服裝，他們的衣著正慢慢地由夏裝換為較厚的秋裝。

打從出生以來，我就不曾穿過和服以外的衣服。

雖然秋隆有替我準備適合十六歲少女的洋裝，但我從沒想過要穿。

幸好這所高中是穿便服上學，讓我得以繼續穿和服度日。

其實我想穿著有襯裡的正式和服，但這樣一來，上體育課時光是更衣就得用掉整堂課的時間。於是，我選擇類似浴衣的單衣和服作為妥協點。我本來擔心這身薄衣要如何面對冬季的嚴寒，不過這問題已在昨天宣告解決。

……事情發生在下課時間。

當我一如往常地坐回位置上，就有人突然從背後開口。

「妳不會冷嗎，式？」

「現在的氣溫剛剛好，再下去可能就難受了。」

大概是從答覆中察覺我打算穿和服過冬的意圖，對方皺起眉頭。

「妳冬天也是穿這樣嗎？」

「是吧。不過不要緊，我會加穿外套。」

為了快點結束對話，我這麼說道。

原來和服上還能加穿其他衣服啊，對方吃驚地說完後離去。我也對自己發表的意見吃了一驚。

結果，為了讓這個臨時編出的謊話變成事實，我買了外套。因為聽說穿起來最溫暖，我買下皮革製的夾克。進入冬季後應該有機會穿到，在那之前就先擱在一邊。

◇

在他的邀請下，我們一起吃午餐。

午餐地點在第二校舍的屋頂上，附近還能看到不少和我們一樣的男女二人組。當我仔細地觀察那些人之際，他在我耳旁說了些什麼。我原本想當作沒聽到，那個有些危險的名詞卻讓我不得不反問。

「——咦？」

「就是殺人。在暑假的最後一天，西邊的商店街發生一起凶殺案，不過還沒上新聞就是了。」

「居然有殺人案，治安真差。」

「嗯，而且犯案狀況也相當殘酷。聽說屍體的雙手雙腳被砍斷，直接棄置在現場。現場一片血海，警方做鑑識時好像用鐵皮圍住了路口。凶手還沒抓到。」

「只有雙手雙腳？人只是被砍下手腳就會死嗎？」

「一旦大量失血導致缺氧，生理機能應該也會跟著停擺。不過在這種情況下，應該會先因出血性休克致死吧。」

他一邊咀嚼一邊說話。

與他可愛的外表相反，這傢伙經常提起這類話題。據說他的表哥是與警方有關的人物……既然會向親人洩漏機密，地位應該不會太高。

「抱歉，這件事跟妳沒有關係。」

「不會，也不能說完全無關。只不過，黑桐同學。」

什麼事？我閉上雙眼，向這麼反問的同學抗議。

「這應該不是用餐時該聊的話題吧？」

妳說得對，黑桐點點頭。

……真是的，害我都吃不下才剛買來的番茄三明治了。

◇

我高中一年級的夏天，就在這種駭人的傳聞中結束了。

季節緩緩地步向秋天。

這段對兩儀式而言與過去有些微妙不同的生活，即將迎接寒冬。

◇

今天從早上開始一直下著雨。

在雨聲中，我走過一樓的迴廊。

本日的課已經上完，放學後的校舍裡沒什麼學生的蹤影。由於媒體已報導了黑桐提及的凶殺案，學校方面禁止學生留下來從事社團活動。

這個月發生了第四起命案。今天早晨秋隆才在車上提過，應該沒錯。

警方尚未掌握凶手的身分，甚至連犯罪動機都還不清楚。被害者之間沒有共通點，全都是在深夜外出時遇害的。

若是發生在遠方還能隔岸觀火，但當事情發生在自己居住的都市時可就不一樣了。學生們要在天黑前回家，不止是女生，就連男生也要集體放學。由於晚上九點過後就會有警官出來巡邏，最近這陣子我也無法在夜間盡情散步。

「……四人……」

我喃喃自語。

我對那四幕景象——

「兩儀同學。」

突然有人叫住我。

我停下腳步回頭一看，那裡佇立著一個陌生男子。

他那身藍色牛仔褲配白襯衫的打扮並不起眼，相貌看來很沉穩，多半是高年級生。

「我就是，有什麼事嗎？」

「哈哈，別用那麼可怕的眼神瞪我好嗎。妳在找黑桐嗎？」

他臉上浮現好像裝出來的微笑，提出愚蠢的問題。

「我只不過是要回家，和黑桐同學沒有關係。」

「是嗎?事情可不是這樣，因為妳不明白，才會感到焦慮。妳別遷怒得太過火喔，因為責備別人很輕鬆，會養成習慣的。哈哈，四次未免太超過了吧。」

「——咦?」

我不知不覺地退後一步。

他臉上浮現好像裝出來——不，顯然是裝出來的微笑。

那種滿足的表情——與我很像。

「我想在最後跟妳好好談一談。既然這心願已經實現，那麼就再見了。」

應該是高年級生的男子踏著腳步聲逐漸遠去。我沒有目送他離開，便走向鞋櫃。

我換好鞋子走出校舍，迎接我的只有雨絲，不見應該來接我放學的秋隆。由於雨天走路回家會弄濕和服，我就要秋隆開車接送，但今天他似乎來遲了。

要再換一次鞋子也嫌麻煩，我就在校舍入口的階梯旁躲雨。

雨絲像一層淡淡的面紗罩住操場。十二月的嚴寒，將我的呼吸凍成白霧。

……不知過了多久，當我回神時，黑桐已出現在我身旁。

「我有帶傘喔。」

「……不用了，會有人來接我。黑桐同學快點回家吧。」

「我待會就走。回去之前，我就在這裡陪妳等吧，可以嗎?」

我沒有回答。

他點點頭後，靠在水泥牆邊。

現在我沒有心情陪黑桐聊天。無論他說些什麼，我打算全部加以忽略。因此，他有沒有待在這裡都無所謂。

我僅僅在雨中等待著。

周遭不可思議地安靜，唯一能聽到的只有雨聲。

黑桐沒有說話。

他靠在牆邊，心滿意足地閉上眼睛。他睡著了？我傻眼地望去，發現他正小聲地唱著歌，多半是首流行歌吧。我不禁更加傻眼。後來我問過秋隆，才知道那是一首叫雨中歡唱的著名歌曲，確實是流行歌沒錯。

黑桐沒有說話。

我與他之間的距離不到一公尺，兩個人如此靠近卻沒有交談，總讓人心神不寧。即使情況尷尬，這段沉默卻一點都不難熬。

——真不可思議。為什麼，這段沉默很溫暖？

可是，我突然害怕起來。

我直覺地領悟到，這樣下去「那傢伙」會跑出來——

「——黑桐同學！」

「有!?」

我無意識發出的叫聲，令他吃驚地離開牆邊。

「怎麼了，發生了什麼事？」

他探頭注視著我，眼眸中映出我的倒影。

在那一刻，大概是我首度看著黑桐幹也這個人物，而非至今所做的觀察。

黑桐有張還殘留著少年影子的柔和臉孔，一雙溫和的漆黑大眼睛裡不帶一點雜質。就像顯現出他的性格一般，他的髮型很自然，既沒有染也沒有抹定型液。

他戴著現在就連小學生都不會戴的過時黑框眼鏡，一身樸素的服裝上下都是黑色。這種色調的統一，勉強可說是黑桐幹也唯一的時髦之處。

我忍不住心想。

……這個身為好好先生的少年，為什麼要在意我？

「……你剛才……」

我垂下頭不去看他。

「跑去哪裡了？」

「我剛在學生會辦公室。有個學長要離開學校，我們辦了場歡送會。他叫白純里緒。我覺得相當意外，他那個人很沉穩，卻說什麼找到了想做的事，然後就直接休學了。」

白純里緒，是我不曾聽過的名字。

從獲邀參加那種聚會，就可以看出黑桐的人面有多廣。雖然同學們只將他當成朋友看待，但他在高年級女生之間還頗受歡迎。

「我不是有邀妳嗎？我在昨天道別時明明問過妳，要不要來學生會辦公室的。結果我去教室一看，卻連一個人也沒有。」

昨天他的確這麼說過。不過，就算我去參加歡送會，也只會害場面變冷，我還以為黑桐的邀請只不過是客套話而已。

「……嚇我一跳，原來你是認真的啊。」

「那還用說嗎？真不曉得妳在想什麼。」

黑桐生氣了。他並非在氣我的忽視，而是針對我那無聊的想法吧。

我對他的善良只抱著反感，因為那是我從前沒有體驗過的未知事物。

我就此陷入沉默，從不曾像今天一樣迫不及待地盼望著秋隆出現。

不久之後，前來接人的轎車抵達校門，我與黑桐告別。

◇

雨在入夜後停了。

兩儀式披上紅色的皮夾克外出。

頭頂的夜空一片斑駁，月亮不時從布滿空隙的雲層間探出頭來。

便服警官在街上忙碌地巡邏，因為萬一碰上會很麻煩，今天她選擇走向河灘。被雨打濕的路面反射出路燈的光芒，如蛞蝓的痕跡般閃爍著光澤。

遠方傳來電車的行駛聲。

從車輪隆隆作響的轉動聲，可以聽出電車正接近鐵橋。那座跨越河川的橋樑，應該是供電車而非人類行走的。

——她在那兒找到了人影。

搖搖晃晃的式緩緩走向鐵橋。

又有一班電車駛過，大概是末班車吧。

與剛才完全不能相比的隆隆巨響響徹四周，彷彿在狹小箱子中塞滿棉絮的沉重音壓，令她不自覺地堵住耳朵。電車離去後，鐵橋下方陡然重歸寂靜。這片沒有路燈也沒有月光照射的橋下空間，就像單獨被籠罩在黑暗內一般陰暗。

拜此所賜，即使是現在濡濕河灘的赤紅也顯得黯淡。

這裡是第五個殺人現場。

在恣意生長的雜草之間，屍體擺放得宛如花朵。

以頭顱為中心，雙手雙腳就像四片花瓣般散開。與頭顱同樣被砍斷的手腳自關節處扭曲，越發強調出花的模樣……有點可惜的是，比起花朵，這圖案更像個卍字。

一朵人工的花被棄置在草叢中。

飛濺四散的血跡，將花朵染成紅色。

——手法越來越熟練了。

這是她的感想。

她吞了口口水，發覺自己口渴得厲害。不知是為了緊張，還是興奮——喉嚨的乾渴甚至變得灼熱起來。

這裡僅僅充斥著死亡。

式的嘴角揚起一個無聲的笑。

她壓抑心中的狂喜，一直注視著屍體。

因為唯有這一瞬間，她才能強烈地感受到自己活著。

／3

依照慣例，兩儀家繼承人每月月初都必須與師父持真刀比試。

許多代以前，有位兩儀家當家嫌特地招聘武術老師太過麻煩，就自行建造道場，隨心所欲地鑽研劍術。這個系統一直流傳到現代，不知為何，就連身為女性的我都被要求必須舞刀弄劍。

師父就是我的父親。比試在他展現出遠勝於我的實力、體能後告一段落，我隨即離開道場。

道場距離主屋有一段路，若用高中作比喻，就和體育館與校舍之間的距離差不多。

我踏著不會嘎吱作響的無趣木板走廊往前走。

秋隆在半途中等候著我，身為傭人的他比我年長十歲，大概是拿著替換衣物來給汗水淋漓的我更衣吧。

「辛苦小姐了，和老爺交手的結果如何？」

「老樣子。退下，秋隆。更衣這點小事我還做得來，何況你也不是專門被派來服侍我的吧。去跟哥哥會比較有利喔，反正最後會是由男人來繼承家業。」

聽到我粗魯的口吻，秋隆回以微笑。

「不，兩儀家的繼承人除了小姐外別無其他人選，少爺並未遺傳到那份資質。」

「——遺傳到這種東西，又有哪裡好了？」

我直接避開秋隆，走回主屋。

回到自己的房間後，我關上房門休息了一會，接著脫下道服。

我朝鏡子瞥了一眼。

……鏡中映出一具女性的軀體。單看臉蛋的話，若把眉毛畫粗、眼神裝得凶惡些，看來倒也像個男生。

可是，只有身體是無法掩飾的。姑且不論式，這個隨著歲月流逝而成長的女性身軀似乎令織漸漸感到自暴自棄。

「如果我生為男性就好了。」

我漫無對象地說道。

不對——我有說話對象。他是在我心中，名叫織的另一個人格。

兩儀家的孩子出生時，都會被取好兩個發音相同的名字。

一是陽性的男性名字。

一是陰性的女性名字。

我生為女性，因此叫作式。如果生為男性，就會被命名為織。

至於為何要這樣做，那是因為兩儀家的孩子有很高的機率生來就具有解離性認同障礙——即俗稱的雙重人格。

也就是像我一樣。

父親說過，兩儀的血脈裡有超越者的遺傳因子，即使那是一種詛咒……的確是種詛咒沒錯。在我眼中看來，別說超越者，這樣根本就是異常者。

幸好，除了我以外，最近幾代之內都沒有罹患這種症狀的繼承人出現。理由很簡單，大家都在成年前就進了精神病院。

一個身體裡有兩個人格的危險性，就是那麼高。據說有不少人都因為現實與現實之間的界線變得曖昧不清，最後走上自殺一途。

在這樣的背景下，我沒出現什麼瘋狂徵兆地漸漸長大。

那是因為我和織不去意識彼此，在互相無視下活到今天。

肉體的所有權絕對性地屬於我，織終究只是我心中的代理人格。就像剛才一樣，因為具攻擊性的男性人格比較適合演練劍術，我才會與織交換。

試著想想，我和織幾乎是同時存在的。

這與一般所說的雙重人格不一樣，我既是式也是織。不過，有決定權的人只有我。

父親很高興，在自己這一代能有正統的兩儀家繼承人誕生。為了這個理由，雖然我還有一個哥哥，身為女性的我卻被視為兩儀家的繼承人看待。

那也沒什麼不好的，既然決定要給我，我就會收下。

我本來以為，自己會一直過著這樣有些扭曲卻又安穩的生活。我很清楚，自己只能度過這種生活。

————沒錯。就算織是以殺人為樂的殺人魔，我也無法抹消織。

在內在飼養「Siki」的我，終究和他一樣，只不過是 Siki 而已。

殺人考察（前）／
（1）

「幹也，聽說你跟兩儀在交往，是真的嗎？」

聽到學人的話，我差點吐出口中的咖啡牛奶。

我邊咳邊朝附近張望。午休時分的教室裡很吵雜，幸好沒人聽見剛才那句胡言亂語。

「學人，你那是什麼意思？」

我試著刺探一下，而他無言地張大雙眼。

「還裝傻，一年C班的黑桐被兩儀迷得神魂顛倒可是眾所周知的事實，不知道的只有你們而已。」

面對學人這番挖苦，我大概露出了一臉苦相。

我認識式已有九個月，季節也來到逼近冬天的十二月。

……說得也是，都認識了那麼長的時間，即使開始交往也不奇怪。

「學人，那是誤會。我和式純粹只是朋友，沒有其他關係。」

「是這樣嗎？」

備受柔道社期待的一年級生粗獷的臉上浮現壞心眼的笑容。

與他的名字正好相反，學人屬於運動型，是我打從小學以來的損友。他似乎從長年的來往經驗中，聽出我並沒有撒謊。

「那個兩儀，怎麼可能會讓單純是同學的人直呼她的名字。」

「我說啊，式反倒比較討厭別人叫她的姓氏。之前我叫她兩儀同學，結果被她惡狠狠地瞪了一眼。要說到用目光殺人，她可是超有這方面的才能。

雖然我不知道原因，但她不喜歡被人以姓氏相稱。她還跟我說過，與其叫我的姓氏，不如乾脆喊聲『妳』就好了。我不願意這麼做，原本要在妥協之下叫她『式同學』，她卻連這個叫法也討厭。怎麼樣？這就是事情無聊的真相。」

當我回想著四月的往事，學人應了聲「那可真無聊」。

「原來如此，真是沒有夢想的話題。」

學人一臉可惜地抱怨著……這傢伙在期待什麼啊？

「所以，上星期在校舍入口的那一次也沒有任何曖昧囉？可惡，虧我還特地大老遠地跑來一年C班，早知道就乖乖待在教室裡吃飯啦。」

「……等等，你怎麼會曉得這件事？」

「我不是說過你們很出名嗎？你和兩儀上星期六在鞋櫃旁肩並肩躲雨的消息，早就傳開啦。既然對象是兩儀，就算是些雞毛蒜皮的小事，也能勾起大家的興趣。」

唉……我仰天長嘆，只能祈禱話題至少不要傳入式的耳中。

「這裡是升學高中對吧？我開始有點不安了。」

「我聽學長講，就業率還不低喔。」

……我對這所私立高中的定位越來越有疑問了。

「不過，你怎麼偏偏看上兩儀？怎麼看都不搭啊。」

我記得學長也向我說過類似的話。

學長說的是「黑桐幹也明明適合更文靜的女孩」，學人的意思大概也是一樣吧。

……我總覺得有些火大。

「式才沒有你說得那麼嚇人。」

我忍不住生氣地脫口而出。

學人咧嘴一笑……逮著你的狐狸尾巴啦，那笑容彷彿正露骨地說。

「你剛才說和誰沒有朋友以外的關係啊？那女人肯定是個狠角色，連這點都看不出來，就表示你已經為她癡狂了吧。」

那句狠角色，是指她很剛強吧。

儘管這樣說是沒錯，我卻不太情願同意學人的話。

「我也曉得。」

「你是看上她哪裡？外表？」

……學人毫無顧慮地追問。

式確實是個美人。但重點不在於外貌，她就是吸引我的注意。

式彷彿隨時都會受傷。事實上，她是個堅強到不會讓自己受傷的人，卻帶著彷彿時時都會受到傷害的脆弱。

這讓我無法丟下她不管，我不想看到她受傷的樣子。

「學人你不知道，式也是有她可愛的地方啊……對了，拿動物來比喻的話，就像兔子一樣可愛。」

……話一出口之後，我覺得有點後悔。

「你在說什麼傻話，她不是貓科動物就是屬於猛禽類，離兔子也太遠了，遠得離譜。兩儀才不會因為覺得寂寞而死呢。」

學人哈哈大笑。不過，我覺得式不跟人親近的一面，還有從遠方定睛凝視著我的模樣和兔子很像。

……如果這只是我個人的錯覺，那正合我意。

「夠了，我以後再也不要跟你聊女孩子的話題。」

抱歉抱歉~在我提出絕交威脅之後，他收住笑聲。

「說得也是，她可能出乎意料地像是兔子喔。」

「學人，那種敷衍的附和根本是在諷刺。」

「我不是這個意思。我只是想起來，兔子也並非無害的生物。在這世上，也有運氣不好的話，一擊就把人打得腦袋分家的兔子喔。」

他說得非常認真，聽得我猛咳了一陣。

「這兔子有夠誇張的。」

對啊，學人點點頭。

「當然囉，那可是電影裡的情節。」

（2）

在第二學期期末考結束的那一天，我看到了令人難以置信的東西。我的抽屜裡躺著一封信。不，這個事實本身並沒有不可思議之處。問題在於寄信人與信件內容，簡單的說，式要邀我去約會。信上寫著「明天放假帶我出去玩」，寫得有點像封恐嚇信，害我心亂如麻地回家，抱著被命令切腹的武士般的心情等待天亮。

◇

「嗨，黑桐。」

這是式出現後拋來的第一句話。

式來到約定中的站前廣場，身上的服裝是……枯葉色的和服與紅色皮夾克，我還來不及為了這身打扮而吃驚，她的口吻就先讓我眼前一花。

「等很久了嗎?真抱歉，我費了一番工夫才把秋隆甩掉。」

她非常自然地侃侃而談。這不是我認識的式，而是男性的口吻。

我什麼也答不出來，重新打量著她。

式的身影沒有變化。

雖然身材嬌小，她凜然筆挺的背脊與一舉一動都散發出難以形容的氣魄……還有典雅，就像躍動的活人偶一般充滿不平衡感，順便一提，活人偶指的是將「機關人偶」分成兩類，其中專在外形上精雕細琢的作品。

「怎麼？才晚來一個鐘頭你就生氣了嗎？沒想到你的心眼還挺小的。」

式探頭用黑眸注視著我。

一頭黑髮隨意剪短，她小小的臉蛋與一雙大眼睛都有著雅致的輪廓。那雙墨色的黑瞳映出黑桐幹也的身影，彷彿又望向更遠的地方。

……現在想想，從我們初次相遇的下雪天開始，我就迷上了這雙注視著遠方的眼眸。

「呃……妳是式沒錯吧？」

是啊，式笑著回答，有些傲慢地揚起嘴角。

「不然我看起來像誰？別管那些了，時間寶貴。帶我去玩吧，要去哪裡就由你來決定。」

式說完之後，就硬拉住我的手臂邁開步伐。

雖然說要由我來決定，結果帶頭的人還是她，但陷入混亂的我不可能注意到這一點。

總之，我們先到處逛逛。

式沒買多少東西，她走進百貨公司各式各樣的店鋪裡瀏覽商品，看夠了之後就走向下一家店。

我提議看場電影或到咖啡廳休息一下，遭到拒絕……的確，要我和現在的式一起去那些地方，也沒什麼好玩的。

式講了很多話。

如果我沒有弄錯，她的精神似乎相當亢奮，就是所謂的興奮狀態吧。我們逛的大都是服飾店，不過全都是女裝店，讓我稍微鬆了口氣。

逛了四小時，征服四間百貨公司後，總算感到疲倦的式開口說想吃東西。經過一番猶豫之後，我們最後挑了速食店。

坐定之後，式脫下外套。

那身與環境不相稱的和服引來周遭的注目，但她本人好像毫不在乎。

我下定決心，提出從剛才就一直放在心裡的問題。

「式，妳平常都是這樣說話嗎？」

「在我出現的時候是。不過，這沒有什麼意義吧？黑桐你不也可以改變口氣嗎？」

式好像覺得不太好吃，大口大口地吞著漢堡。

「嗯，不過至今還沒發生過這種情況。今天是我第一次出現，過去我的意見都和式一致，就保持沉默。」

……我一點也聽不懂她在說什麼。

「這個嘛……說得簡單一點，應該算是雙重人格吧。我是『織』，平常的則是『式』。

但我跟式並不是兩個人，兩儀式永遠只有一個。我跟式的差別，大概只在於事物的優先順序有所不同，我們喜歡的東西順序不一樣。」

她一邊說，一邊沾濕指尖在紙上寫字。纖細白皙的手指，寫下織與式這兩個發音相同的文字。

「我一直很想跟你交談，就只是這樣。但對式而言，這並不是她最想做的，所以就由我來代她執行。懂了嗎？」

「嗯……大致上。」

我沒把握地回答。

然而，我對她所說的事深有體會。

我想到了可以印證她有雙重人格的例子。我曾在入學前見過式，她卻說不記得有這回事。當時我還以為她討厭我，實情若是這樣的話，我就可以理解了。

不，更重要的是，這麼相處半天下來，我確定她果然就是式。就和式……不，織所說的一樣，她只是說話口氣不同，行動本身卻與式相同。就連我從她說話方式中感受到的不對勁，現在也已經幾乎都感覺不出來了。

「不過，妳為什麼要告訴我這些？」

「因為就快要瞞不下去了。」

式若無其事地喝起果汁。她將吸管湊到嘴邊，又立刻放開。式並不喜歡冷飲。

「坦白說，我就像是式內心那股想破壞東西的衝動，是她最想發洩的感情。但是之前並未出現那樣的對象，因為兩儀式不關心任何人。」

織淡淡地說。

在那雙太過深邃的漆黑眼眸直視下，我動彈不得。

「不過你放心，現在和你交談的我好歹也算是式。我只是講出式的意見，不會突然發飆。我不是說過了嗎？我們只有講話口氣不一樣……可是，最近我和她有點不合，我所說的話你就聽個一半吧。」

「……不合……那個，妳和式之間會吵架嗎？」

「拜託喔，人要怎麼跟自己吵架？無論做出什麼事，那都是我們雙方所期望的，因此我們彼此都沒有怨言。無論我再怎麼掙扎，肉體的使用權仍在式手上。我能這樣跟你交談，也是因為式認為我可以和你見面……不過說了這些話之後，等一下我又得好好反省了。『可以和黑桐見面』，不像是式會說的話吧？」

說的也是，我不由得立刻頷首。

織笑了起來。

「我就欣賞你這點。不過，式卻討厭你這點，這就是我們之間的歧異。」

……？那是怎麼一回事？

式討厭我不經大腦的一面嗎？

或者，她是討厭自己欣賞這一點？

明明沒有證據，我卻感到答案應該是後者。

「說明也告一段落，今天就講到這裡。」

織突然站起身，披上夾克。

「再見。我很中意你，我們很快就會再見面的。」

名叫織的式從皮夾克的口袋裡掏出漢堡錢放下之後，颯爽地消失在自動門外。

◇

與織分別後，我回到自己居住的城鎮，太陽已經下山。拜那件連續凶殺案所賜，即使時間才到傍晚，路上的行人就變得很少。

我回到家的時候，大輔表哥正好來訪。

與織的會面讓我精疲力竭，我隨口打過招呼之後，將腳放進暖桌裡躺了下來。

大輔哥也把腳伸進暖桌下，為了爭取在狹窄空間裡擱腳，我倆默默地展開一場爭奪戰。

結果，無處可躺的我只好坐起身。

「你不是很忙嗎，大輔哥。」

我邊伸手去拿放在桌上的柑橘邊開口，是啊，大輔哥沒精打采地回答。

「這四個月就有五人遇害，我當然忙得很。就是因為沒時間回家，我才會來舅舅家休息，再過一小時就得出門了。」

大輔哥是警視廳搜查一課的刑警。這個毫不顧忌地公然宣稱自己是懶鬼的人，為何會從事如此不適合的工作，還是個謎團。

「偵查有進展嗎？」

「零零星星吧。雖然先前找不到任何線索，凶手在第五次作案時終於露出狐狸尾巴。不過，那條線索也留得很刻意。」

說到這裡，大輔哥伸出頭趴在暖桌上。

眼前的表哥一臉嚴肅。

「我接下來要說的，可是禁止對外透露的機密喔。因為也算是和你有點關係，我就稍微透露一下。我已經提過第一具屍體的狀況了吧。」

於是，大輔哥開始說明第二名、第三名被害者遺體的狀況。

……我在內心祈禱全國的刑警不會這麼大嘴巴，並側耳聆聽。

第二個人的身體從腦門到下襠被一分為二。犯案凶器不明，被切成兩半的屍體僅有一邊緊貼在牆上。

第三個人是手腳被砍斷之後，手被縫在腳上，腳被縫在手上。

第四個人被切得四分五裂，上頭還留下某種記號。第五個人據說以頭顱為中心，手腳被擺放成卍字形。

「很明顯是精神異常人士。」

我在覺得想吐之餘說出感想，大輔哥也表示同意。

「就是因為太明顯了，也有可能是故意的。幹也，你怎麼看?」

「……這個嘛，我認為每件凶案都是砍殺致死的事實沒什麼意義，除此之外就不清楚了。只是……」

「只是?」

「感覺他的手法越來越老練了，下一次或許就不是在戶外作案。」

說得沒錯，表哥抱住腦袋回答。

「猜不出動機，也找不出規律。雖然目前還是在戶外犯案，但這傢伙是會侵入民宅的類型。要是以後夜裡找不到在外面閒逛的獵物，這種可能性就更大了。希望那些高層已經對這一點有所覺悟啊。」

接著，表哥拉回正題。

「在第五個人的命案現場，掉落了這個東西。」

大輔哥放在暖桌上的東西，是我們學校的校徽胸章。雖然這規定常因為本校是便服高中遭到輕忽，其實學生上學時有義務將胸章佩帶在身上。

「我們不清楚凶手是因為胸章掉在草叢中才沒有發覺，還是故意留下的。不過，這條線索應該代表著某些意義。警方最近可能會去你們學校調查。」

表哥最後露出屬於刑警的神情，說了不吉利的臺詞。

（3）

高中一年級的寒假輕易地結束了。

寒假期間值得一提的事，只有我和織新年一起去神社參拜，除此之外都是平靜無波的日子。第三學期開始後，式刻意更加孤立自己。因為連我都清楚感受到，她對周遭展現的排斥。

⋯

放學之後，當我前往教室確認大家是否都已離開時，織一定會在那裡等我。

她無所事事地站在窗邊眺望外頭。

她沒有叫我來，也沒有邀請我。不過，我還是無法放下這個彷彿隨時都會受傷的女孩，毫無意義地陪伴著她。

冬季的太陽下山得早，教室被夕陽染成通紅。

在唯有紅與黑形成對比的教室裡，織正靠在窗邊。

「我有跟你提過，我討厭人類嗎？」

這一天，織心不在焉地開口。

「我是第一次聽到⋯⋯是這樣啊？」

「嗯，式從小就討厭人類。

……人在小時候不是什麼都不曉得嗎？以為見到的每個人、整個世界都會無條件地愛自己。因為我喜歡自己，對方當然也會喜歡我，這是種常識對吧。」

「這麼說來的確也是這樣。小時候不懂得懷疑，我的確認為大家會無條件地喜歡自己，會受到喜愛也是理所當然的。當時我害怕的東西是妖怪，現在害怕的卻是人類。」

就是說啊，織點點頭。

「不過，這是很重要的。人要無知一點比較好，黑桐。人在小時候只看得到自己，根本不會察覺別人的惡意。就算是誤會也好，當被愛的感覺轉化成經驗，人才能夠以善意去對待他人——因為人只能展現本身已具有的情感。」

夕陽的紅光落在式的側臉上。

那一刻——我無法判斷她是哪一個「Siki」。

而且，這麼做也沒有意義。無論是哪一個她，這都是兩儀式的獨白。

「但我卻不同。打從出生起，我就曉得自己與他人的區別。因為織存在於式的體內，從而知曉了與他人的區別。知曉了除自己之外還有其他人存在，他們抱著各式各樣的念頭，不可能無條件地愛著我。從小就發現到他人有多麼醜陋的式，自然也無法去愛他們，不知從何時起也變得毫不關心。式擁有的感情只有拒絕。」

——所以，才會討厭人類。

織以眼神如此說道。

「……可是，這樣妳應該很寂寞吧？」

「怎麼會？式有我啊。一個人的確孤獨，不過式並非孤單一人。儘管孤立，卻不孤獨。」

織露出毅然的神情告訴我。

她的臉上沒有逞強之色，是真的對此感到滿足。

沒錯，這是真的。

然而，這是真的嗎……？

「不過最近的式怪怪的。體內明明有我這個異常者存在著，她卻試圖要去否定。否定明明是歸我管轄的，式應該只有辦法做出肯定才對。」

這是為什麼呢？織笑著說。

那個笑容非常凌厲——甚至還散發出殺氣。

「黑桐，你曾經想過要殺人嗎？」

那一刻，落日餘暉呈現朱紅的色澤，令我心中一驚。

「目前還不曾有過，頂多只有想揍人的念頭。」

「是嗎？但我卻只有這個想法。」

她的聲音在教室內迴響。

「————咦？」

「我不是說過嗎，人只能展現本身已具有的情感。

我承擔式心中的禁忌。對她來說優先順序越低的事，對我而言優先順序就越高。對此我並無不滿，我明白自己就是為此而存在的。我這個人格，負責接收式被壓抑的想法。

所以，我總是抹殺著自己的意志，不斷殺害織所代表的黑暗，自己無數次殺死自己。我剛才有講到，人只能展現本身已具有的情感對吧？……我所經歷過的情感，就只有殺人而已。」

然後，她離開窗邊無聲走向我——為什麼，我會感到恐懼？

「所以啊，黑桐，對式來說，殺人就等於是……」

呢喃聲在我耳畔響起。

「殺了織。殺掉所有企圖讓織顯露在外的人。式為了保護自己，會不惜殺掉所有妄想打開『式』這個蓋子的人。」

織輕輕一笑，離開教室。

那是如惡作劇般的無邪微笑。

◇

第二天的午休時間。

一起吃午飯吧？當我開口約她時，式露出打從心底大吃一驚的表情。

自從認識她以來，這是第一次看到她吃驚的模樣。

「……怎麼會。」

雖然啞口無言，式還是接受了我的邀請。用餐地點依照她的意思選了屋頂，她默默地跟在我背後。

式一直沉默不語，可以感覺到她的目光射向我的背脊。

說不定她在生氣。不，她一定在生氣。

……這也難怪，就算是我也了解織昨天所說的話代表什麼意思。那是式的最後通牒，別再和我扯上關係，不然我可不知道自己會做出什麼事來。

但是她並不明白。因為式總是無意識地提醒我這一點，我早就已經習慣了。

我們抵達的時候，屋頂空無一人。

想在一月的寒空下到外面吃午餐的人，似乎只有我們這兩個好事之徒。

「外面果然很冷，要換個地方嗎？」

「我在這裡吃就好，要換請黑桐同學自己換吧。」

式客氣的臺詞聽得我縮縮脖子。

我們坐在牆邊躲避寒風。式坐在地上，連拆也沒拆買來的麵包。我與她正好相反，已經開始大嚼第二個豬排三明治。

「你為什麼要找我說話？」

式的低語來得突然，我沒有聽清楚。

「妳說什麼，式？」

「……我在說黑桐同學為何會那麼沒大腦。」

她帶著刺人的眼神拋出毒辣的評語。

「好過分啊。雖然有人說我太老實，卻沒聽過有人說我沒大腦的。」

「大家一定是不好意思說出真話。」

式自顧自地這麼解釋之後拆開番茄三明治，塑膠袋的摩擦聲與寒冷的屋頂非常相配。

她就此陷入沉默，動作俐落地咬起三明治。

我正好已經吃完午飯，總覺得無所事事。

吃飯的時候，還是需要一些熱鬧的話題。

「式，妳有點生氣對吧。」

「……有點？」

她瞪了我一眼……我反省地想著，要主動攀談時，應該要注意話題的選擇。

「我自己也不懂，但是看到你就會讓我不愉快。為什麼你要糾纏著我？明明織都說成那樣了，為什麼你的態度和昨天絲毫不變？我實在不懂。」

「我也不曉得為什麼。跟妳相處很愉快，卻說不出來是哪裡愉快……聽到昨天那些話還能這樣，或許真是我太樂天吧。」

「黑桐同學，你真的清楚我是個異常者嗎？」

聽到這句話，我只得頷首。

式的雙重人格……類似雙重人格的狀況是真實存在的，的確已經脫離常軌。

「嗯，確實很不正常。」

「對吧？那你應該正視這個事實，我不是一般人有辦法相處的對象。」

「要當朋友，正常異常並不是重點。」

式的動作軋然而止。

她的時間彷彿就此停止，甚至忘了呼吸。

「但是，我沒辦法變得像你那樣。」

式說完後，撥撥頭髮。她的和服袖子跟著一晃，露出包著繃帶的纖細手臂。在她右臂手肘附近的繃帶非常新。

「式，妳那個傷是———」

我還來不及關心，式已先站了起來。

「既然織說的話你聽不進去，就換我來說。」

式沒有看我，直盯著遠方說道。

「再這樣下去，我一定會殺了你的。」

——面對這句話，我該說什麼來回答才好？

式甚至沒收拾午餐剩下的垃圾，就直接走回教室。被單獨拋在原地的我，也跟了上去。

「……真是的，被學人給說中了。」

我想起和朋友先前的對話。

或許正如學人所說的一樣，我是個笨蛋。

就在剛剛，式明明才在我眼前作出嚴厲無比的拒絕，我卻一點也無法討厭她。

不，這反倒讓我認清自己的感情。我之所以覺得和式相處很愉快，理由豈不是只有一個嗎？

「我老早就為她癡狂了。」

……啊，如果能早一點發現有多好。

黑桐幹也喜歡兩儀式，喜歡到聽見她威脅「我會殺了你」都能一笑置之的地步。

（4）

二月的第一個星期天，我起床後走向餐桌，剛好碰上正要出門的大輔哥。

「咦，你來了？」

「嗨，我錯過末班電車跑來借住一晚，現在正要去署裡。當學生真好啊，可以準時放假。」

大輔哥看來一副睡眠不足的模樣，大概正為了調查那件連續凶殺案而奔忙吧。

「對了，你說過警方會來我們學校查案，後來有什麼進展嗎？」

「那件事啊，應該還會再去一趟。其實，三天前又出現第六個人遇害。被害者最後竭力抵抗，從指甲裡找到了皮膚組織，女人的指甲很長，她大概使勁抓過凶手的皮膚。她應該是拚了命地反抗凶手，抓痕抓得很深，驗出的皮膚組織足足有三公分長。」

表哥提及的，是沒有出現在任何報紙與電視上的最新消息。

但比起這些，另一件事更讓我眼前一黑……那多半是因為，式這幾天的表現與殺人這個不祥的名詞交織在一起。否則的話，為何我會有短短一瞬間將式和殺人魔的身影互相重疊？

「……抓傷？意思是凶手有受傷？」

「那是當然的，難不成被害者會抓自己的手嗎？根據鑑識結果，那些檢驗出的皮膚組織出自手肘。血液鑑定也已經完成，很快就能將他一軍。」

我走了，大輔哥道別之後出了門。

我雙腳一軟，癱倒在椅子上。

三天前，是我在夕陽餘暉中與織交談的日子。

隔天我在她身上看見的繃帶，的確是包著手肘沒錯。

……我一直呆坐到中午過後，發覺再多想也是無濟於事。與其煩惱，不如直接向式本人詢問傷口的由來。只要她回答那只是一點小傷，這股鬱結的情緒也會跟著消失。

◇

我憑藉學校的通訊錄，登門拜訪式的家。

她家位於市郊，當我找到的時候，時間早已來到傍晚。

受到竹林環繞的兩儀家豪宅，依照武士住宅的規格建造。單憑在地面行走，無法判斷這棟圍在高牆內的宅邸有多大。如果不搭上飛機從空中俯瞰，就沒辦法正確地掌握建築物的規模。

我走過有如山路一般的竹林步道，來到需要抬頭仰望的宏偉大門前。

看到這種好像停留在江戶時代的宅邸也安裝了現代的對講機，我稍微鬆了口氣。

我按下門鈴說明來意後，一位穿著黑西裝的男子現身。他年約二十來歲，宛如亡靈一般陰沉，據說是負責照料式生活起居的人。

即使面對身為學生的我，這位名叫秋隆的男性也很客氣。

不巧的是式剛好外出，雖然秋隆先生請我進屋等候，但我加以婉拒。老實說，我沒有膽量獨自踏進這種氣派的宅邸。

再加上天色已暗，我決定今天就先回家。

我走了一小時的路抵達站前廣場，碰巧遇見學長。他邀我到附近的家庭餐廳吃晚飯，因為聊得太起勁，手錶不知不覺已經指向十點。和學長不同，我還是個學生，差不多也該回家了。

和對方道別之後，我這次總算走向車站窗口買了車票。

時刻即將來到晚間十一點。

式已經回家了嗎？在走進剪票口前，我的腦海中閃過這個念頭。

「我到底在幹什麼啊？」

我一邊在夜間的住宅區前進，一邊自言自語。

現在是毫無人跡的深夜。

我有點無法理解，自己為何要在陌生的街景之中走向式的家。我很清楚就算現在過去，也見不到她。即使如此，我還是想看到式的家有燈亮著，於是又從車站折返。

在冬季冰凍的寒氣侵襲下，我縮著肩膀往前走。

我在不久後穿越住宅區，來到一片竹林，林間正中央有一道石板路。

今晚沒有起風，竹林裡非常安靜。

這裡沒有路燈，月光就是唯一的指引。

如果在這種地方遇襲，該怎麼辦才好？我半是開玩笑地想著，這個想法卻在心中漸漸擴散。這些連我自己都想拋開的妄想，逐漸形成越來越鮮明的印象。

小時候我很害怕鬼怪，把竹林的影子誤認成妖怪，嚇到不行。

但是，我現在卻覺得人類很恐怖。其實我怕的只是有人潛伏在竹林裡的錯覺……我們是從什麼時候開始發現，那些身分不明的存在其實只是未曾謀面的陌生人罷了？

……說真的，不祥的預感一直揮之不去。
對了，式之前似乎說過類似的話。
我記得她說的是——
我正要回想起來的時候，在前方看見了什麼。
「——」
我猝然停下腳步。
這反應並非出於我的意志。因為那一刻，黑桐幹也的意識早已飛到九霄雲外。
在前方幾公尺處，佇立著一個白色的人影。
那一襲彷彿正閃閃發光的雪白和服，卻濺上了紅色的斑紋。
和服上的斑點漸漸擴大。因為倒在她眼前的東西，正咻咻地噴出鮮紅的液體。
穿著白色和服的少女是式。
而那噴出液體的東西不是噴泉，是人類的屍體。
「————」
我發不出聲音。
可是，我一直隱約有這種預感，心中隱約浮現過她佇立在屍體前的影像。
因此我並不驚訝，也沒有大哭大叫。
我的意識變得徹底空白。
那具屍體應該才剛斷氣。如果沒在活生生的狀態下割斷動脈，血液不會噴湧得那麼厲害。致命傷在脖子，還有那道斜劃過身軀的砍傷。

——與這戶武士住宅的大門相襯，是一刀斜肩砍下去的嗎？

式一動也不動地注視著屍體。

那具屍體就是死亡。

光是看到噴灑一地的鮮血就足以令人暈厥，遺體的內臟還從腹部漏出，已變成截然不同的存在。

在我眼中，那只是團披著人類外皮的黏糊糊物體。因為它的擬態不夠成功，實在讓人難以直視……如果是正常人，就不可能辦得到。

可是，式卻一動也不動地注視著屍體。她就像是個幽靈，血花不斷落在她的和服上。

赤紅的斑紋宛如一群紅蝶，蝴蝶也撲上了式的臉龐。

渾身是血的式揚起嘴角。

那是恐懼——還是愉悅？

她是式——還是織？

「——————」

我張口想說些什麼，卻癱倒在地。

我吐了。我將裝在胃裡的東西、胃液都嘔吐出來，吐到眼中泛起淚水。如果可能的話，我想連這份記憶也一起吐掉。但是沒有用，這麼做甚至連求個心安也算不上。現場壓倒性的血量單是氣味就太過濃郁，讓腦髓為之爛醉。

最後，式發現了我。
她僅僅回過頭來。
她臉上浮現沒有表情的笑容，一個清涼、無比安穩，散發出母性的微笑。
那個笑靨與眼前的慘狀太不相稱，反倒讓我——
我的意識漸漸遠去，她走了過來。
最後，我想起她告訴我的話。

——你要當心點，黑桐同學。
不祥的預感，會招來不祥的現實——

……我果然很沒大腦。
因為直到面對的瞬間到來以前，我連想都不曾想過自己不願思考的糟糕現實。

（5）

第二天，我請假沒去上學。
有警察發現我站在命案現場發呆，直接將我帶回警局詢問。

被警方帶走後，據說我有幾小時都說不出任何話。我花了快四個小時，才讓一片空白的意識恢復過來……我的大腦回歸現實的機能似乎不太優秀。

等到我在警察署接受過調查並獲准離開時，已經趕不及去上學。

從屍體的遇害狀況來看，凶手身上不可能沒濺到血花。幸虧我的衣服上連半點血痕也沒有，再加上又是大輔哥的親戚，才能免於進偵訊室，改用較為溫和的方式詢問。

大輔哥說要開車送我回家，我也不推辭地上了車。

「你真的沒看到任何人嗎?幹也。」

「煩死了，我就是沒看到。」

我瞪著負責開車的大輔哥，深深地靠在副駕駛座上。

「是嗎?可惡，要是你有看到什麼就好了……仔細想想，凶手不可能放過目擊證人。萬一讓親人遇害，我怎麼對得起舅舅。對我來說，幸虧你沒看到什麼東西。」

「大輔哥，這可不是刑警該說的話。」

我若無其事地跟平常一樣向表哥答腔，對自己深感厭惡。

你這個騙子，我在心中痛罵自己。

……即使是我，都不敢相信我能這般明目張膽地撒起大謊。更何況這可是刑事案件，如果我不照實說出自己目睹的情況，就會導致案情朝負面發展。

儘管如此，我還是連一句話都沒提到式在現場的事實。

「總之，你能平安無事就好。怎麼樣，第一次看見遺體的感覺如何?」

他還真是壞心眼，居然挑這個節骨眼問這種問題。

「糟糕透頂，我再也不想看見第二次。」

就是說吧，大輔哥愉快地笑了。

「不過這次的遺體比較特殊，一般的狀況會好一點，放心吧。」

……真是的，他要我放什麼心來著？

「不過，沒想到幹也會認識兩儀家的女兒，這世界還真小。」

這個對表哥來說意外有趣的事實，反倒令我心情消沉。

……雖然發生在兩儀家門口的命案被視為先前的連續殺人案之一，調查卻軋然而止。警方做完例行的現場鑑識之後，就無法進入兩儀家的土地。根據大輔哥表示，似乎是兩儀家施加了壓力。

在記錄上，這次的案件中，凶手在二月三日（星期六）深夜十一點半到十二點之間犯案，唯一的目擊者是黑桐幹也。

至於我，也被當成目擊到殺人後的現場，在被屍體嚇得意識混沌之際受到巡邏員警保護。

無論是兩儀家或是我，都沒有提到任何關於式的事。

「不過，你們查過兩儀家的人了吧？」

「不，那家的女兒式就讀你的高中，我們很想找她問話，卻遭到拒絕。對方說他們只清楚宅邸內的事情，對外面發生的事就一無所知。但我認為她應該沒有嫌疑，和案子無關。」

「咦？」

我忍不住喊出聲。

別看我平常態度沒大沒小的，其實我很信賴大輔哥。在警察署裡也有風評，說他全都是靠著能力夠好才沒被革職。因此，我本來以為他一定會懷疑式。

「這麼說有根據嗎？」

「嗯～算是有吧。你認為那麼漂亮的女孩會殺人嗎？不認為吧？我也不這麼想，這可是身為男性理所當然的結論。」

……我說啊，這個人為什麼會當上刑警？不，那比我更沒大腦的態度更讓我發出嘆息。

「原來如此，大輔哥一輩子都要打光棍了。」

「你再亂說，我就把你關回去喔。」

我已經因為證據不足獲釋啦。

……不過，我也同意大輔哥的意見。就算沒有像他一樣敏銳的直覺，黑桐幹也認為這一連串的案件不是式做的。

即使她本人承認罪行，我也相信她沒有做。

為了自己的堅持，我必須做一件事。

……

事件已接近解決的階段。

從隔天起直到三年後的某一天為止，本來在都市裡橫行的殺人魔徹底銷聲匿跡。

對當時的我而言，這件事可說是完全事不關己。

然而，這卻是對我和式第一次也是最後一次親身涉入的案件。

／殺人考察(前)　完

／4

宅邸門口發生了凶殺案。

那一晚，我在出門散步之後的記憶模糊不清。

不過，如果將不清晰的記憶串連在一起，就可以清楚地看出我做了什麼。

就像織一樣，我也對血腥味沒有抵抗力。光是看到血，我的意識就會朦朧起來。

這次的屍體所流的血特別漂亮。

在那條通往宅邸的石板路上，石板之間的溝槽宛如迷宮，在那個迷宮裡奔跑的紅色線條散發出至今所沒有的優雅。

只是，問題就出在這一點。

當我察覺的時候，已經有個人在背後嘔吐，我回頭一看，發現了黑桐幹也的身影。

我不明白為什麼他會出現在這個地方，當時也沒有產生疑問。

可是，後來我回到宅邸，殺人現場卻是在更久之後才被人發現，也沒有人提到我曾在現場。

這麼說來，當時我只是夢中看到他吧？因為那個正直的同學不可能包庇殺人魔。

然而——事件為何偏偏發生在家門前。

「織，是你動的手……？」

我試著發問，卻沒有得到回答。

我和織出現了歧異，這感覺正一日比一日更強烈。即使將身體交給織，決定權也在我的手上。可是，我在那時候的記憶為何會變得模糊？

……難道說，只是我沒有發覺，其實我也像其他繼承兩儀家血統的人一樣發狂了？

「具有自覺的異常者都是假貨。」換成是織，八成會這麼說。對異常者而言，周遭的人才是不正常的，不會對自己產生疑問。

起碼我便是如此。那就表示我花了十六年的時間，終於體認到周遭眾人與自己的區別嗎？

不過，這又是誰造成的？

「式小姐，現在方便嗎？」

外面傳來敲門聲與秋隆的聲音。

「什麼事？」

聽到我示意他可以進來，秋隆依言而行。

由於已到了即將就寢的時間，他只有打開房門，沒有走進室內。

「好像有人在宅邸附近監視。」

「我聽說父親早就將那些警察打發掉了。」

是的，秋隆頷首。

「警察的監視人員已在昨夜撤離，今晚來的似乎不是警方的人馬。」

「隨你怎麼處置，這跟我沒有關係吧。」

「但正在監視這裡的，似乎是您的同學。」

聽到這番話，我從床上站起身。

我走到可以眺望宅邸大門的窗邊，越過窗簾看著外頭的景物。

大門周邊的竹林中有一個醒目的人影，真希望他起碼藏身得高明一點。

「──────」

……我怒火中燒。

「只要您下令，我可以將他請回去。」

「用不著理會那個人。」

我快步折回床邊，直接躺了下來。秋隆留下一句晚安後，關上房門。

……即使關掉房間電燈閉起眼睛，我還是完全睡不著。

因為無事可做，我只得無可奈何地再度查看外面。

幹也拉起茶色連帽大衣的衣襟，彷彿很冷地發著抖。他一邊呼出白霧，一邊眺望大門……從腳邊還放著保溫瓶及咖啡杯這點來看，這傢伙說不定是個大人物。

我推翻當時的幹也只是場夢的推測。

因為那時候他確實在場，才會像這樣監視著我。雖然我摸不清他的想法，但多半是想確認殺人魔的真面目吧。

……總之，我氣到連自己都覺得不可思議的地步，不知不覺地咬起指甲。

：

就算經歷過那種遭遇，幹也第二天還是老樣子。

「式，要不要一起吃午飯？」

在幹也的邀約下，我跟著走到屋頂上。

也許是因為他只有吃飯時每次都會來約我，我多少產生了被他餵食馴養的感覺。

雖然我已經決定不再跟他扯上關係，卻想知道幹也對於那一夜的事作何想法。今天他大概會來逼問我吧，我抱著這個念頭登上屋頂，可是他卻一點也沒變。

「妳家不會大得太誇張嗎？我上門拜訪時居然碰到總管出來接待，這種事都可以拿去向別人炫耀了。」

光是從幹也知道總管這種過時名詞來看，他可沒資格取笑我。

「秋隆是家父的秘書。而且總管這個稱呼現在已經沒人在用，都改稱為管理人了，黑桐同學。」

「什麼嘛，結果還不是同一種人？」

……話題中談論到我家的部分僅止於此。

他大概不知道自己的監視早已被我發現，但就算是這樣也太奇怪了。

當時，幹也明明應該目睹了我渾身是血的樣子，為什麼還能像從前一樣向我露出笑容？

「黑桐同學，二月三日晚上，你——」

「那件事就不要再說了。」

面對我的追問，他只用一句話就輕描淡寫地帶過。

「為什麼不要說了，黑桐。」

……真不敢相信，我在無意識間用了織的口吻。聽到顯然是式的我喊出黑桐，幹也有點困惑。

「說清楚，你為什麼沒對警方說實話？」

「——因為我並沒有看到。」

騙人，這是不可能的。那時候，織走向正在嘔吐的他——

「妳只是碰巧人在那邊，至少我也只看到那樣。所以，我決定相信。」

騙人，那你又為什麼要監視宅邸。

——走向他——

「坦白說，我其實很不好受。我現在正在努力，等我對自己更有自信了，應該就有勇氣聽妳的說法。所以現在就先不要提這件事吧。」

他那就像在鬧彆扭的表情，讓我想拔腿逃跑。

——織走了過去，企圖殺掉黑桐幹也——

那明明不是我的期望啊。

幹也說他相信我。

如果我也可以相信自己並不期望事情發生，就不會嘗到這種未曾體驗過的痛苦了。

⋮

從那一天以來，我開始對幹也視若無睹。

經過兩天之後，他也不再主動找我攀談，卻繼續進行深夜的監視。

在冬季的寒空下，幹也會在竹林裡一直待到半夜三點。受到他的妨礙，我也無法出門夜間散步。

從他開始監視後已過了兩星期，他就這麼想揭發殺人魔的真面目嗎？我透過窗戶偷瞄著他的情況心想。

……真有耐性。

儘管時刻已接近凌晨三點，幹也始終盯著大門直看。

他身上並未散發出陰沉的氣息——離去時，甚至帶著笑容。

「———」

我焦躁地咬住下唇。

啊，我總算明白了。

他不是想要揭發殺人魔的真面目。

對那傢伙來說，相信我是理所當然的。所以幹也毫不懷疑，他打從一開始就相信我不會在夜裡出門散步，才會守在那裡。
因此看到黑夜平安迎向黎明時，他才會露出幸福的笑容。
他全心信賴著我這個真正的殺人凶手，相信我真的清白無辜。

「——好一個幸福的男人。」

我喃喃自語地想。
和幹也相處時，我會莫名地放心。
和幹也相處時，我會產生和他在一起的錯覺。
和幹也相處時，我會去幻想自己也可以前往那一側。
可是，這絕不可能實現。
我不能存在於那個光明的世界裡。
那是我無法進入的世界，沒有我的容身之處。
——幹也帶著理所當然的笑容，將我拉向那個世界。
有這樣念頭的我，對於讓我產生這種念頭的幹也心生煩躁。那個少年，讓飼養了織這個殺人魔的我、身為異常者的我體認到自己是個異常者——
「我只要獨自一人就足夠了，可是你卻要妨礙我，黑桐。」
式不想發瘋。

織不想崩壞。

如果可以的話，真希望我別抱著過普通生活的幻想，就此活下去——

◇

進入三月後，外面的寒氣也減緩幾分。

相隔數週之後，我再度站在放學後的教室裡眺望外頭。

對我這種人來說，透過窗戶望出去的俯瞰視野反倒令人安心。正因為無法觸及，我不會對無法觸及的景色懷抱希望。

幹也一如往常地走進被夕陽染得通紅的教室。

織喜歡像這樣和他單獨在教室聊天。

……而我也不討厭。

「沒想到妳會主動約我，妳不再對我視若無睹了嗎？」

「因為我快忍不住了，才會找你來。」

幹也皺起眉頭。

在與織互相混淆的感覺侵襲之下，我繼續往下說。

「雖然你說我不是殺人凶手……」

夕陽的餘暉太過赤紅，我看不見對方的臉孔。

「很遺憾的，我就是殺人凶手。你明明也看過犯案現場，為什麼要放過我？」

幹也面露不服氣之色。

「什麼放不放過的，是因為妳並沒有做出那種事。」

「即使我說了我有做？」

嗯，幹也點點頭。

「是妳自己說過，妳所說的話只要聽信一半就好吧。而且，妳絕對不可能會做出那種事。」

聽著一無所知的幹也一口咬定，我怒上心頭。

「——什麼叫絕對？

你又知道我的什麼了？

我到底有什麼值得讓你這樣相信？」

我的憤怒化為質問宣洩而出。

幹也為難起來，臉上浮現寂寞的微笑。

「並沒有根據，但我應該會一直相信妳吧……嗯，因為我喜歡妳，所以想要一直相信妳。」

「————」

這番話成了最後一擊。

那股純粹的力量、純潔的臺詞，拆下我賣弄小聰明的偽裝。

在他眼中稀鬆平常的一句話，對身為式的我來說既是小小的幸福，也是無從阻攔的破壞。

沒錯，是破壞。我只是透過這個幸福的人，被迫看見了無法實現的時間。

……能夠和別人一起生活的世界應該很輕鬆，我卻不曉得那是何物。

我一定不曉得那是何物。

如果我和別人產生連繫，織就會殺了那個人。

因為織的存在理由就是否定。

而身為肯定的我，少了否定就無法存在。

由於過去不曾受到什麼事物吸引，我得以遠離這個矛盾。

在已經發覺的現在，我越是盼望，就越了解那是個絕望的心願。

這事實讓我極度痛苦、極度憎恨。我第一次打從心底憎恨這個傢伙。

——幹也理所當然地笑著。

我明明無法置身其中啊。

我無法忍受這種存在。

我很確定，這名少年能夠輕易地毀滅我。

「——你真是個笨蛋。」

我發自內心地告訴他。
「嗯，常有人這麼說我。」
唯有夕陽，一片赤紅。
我走出教室，在離開時頭也不回地問道。
「你今天也會來監視我嗎？」
「咦……？」
他發出驚呼，果然沒發現我早已察覺他的監視。
幹也慌忙試圖掩飾，卻被我制止。
「回答我。」
「我不知道妳在說什麼，不過有想到的話我就會去。」
這樣嗎，我如此回答後離開教室。
茜草色的天空帶著灰色的光暈。
從紊亂的流雲來看，今晚應該會下雨吧。

／5

——當天夜晚。

雨雲在入夜後籠罩天空，不久後便下起雨來。
雨聲中和了夜色的黑暗與喧囂。
雨勢沒有大到傾盆大雨的程度，卻也算不上是毛毛細雨。
雖然現在是三月上旬，這場夜雨卻寒冷刺人。
黑桐幹也與竹葉一起淋著雨，茫然地眺望著兩儀家的宅邸，拿傘的手凍得發紅。
呼，他長長吐出一口氣。
幹也無意一直持續這種類似變態的行徑，如果警方能在這段期間逮捕殺人魔自然是上上大吉，要是往後一星期沒發生任何狀況，他也準備收手了。
……在雨中進行監視實在累人。
即使幹也已開始習慣冬日寒氣與水滴的雙重折磨，還是會覺得難熬。
「唉……」
他發出嘆息。
使得幹也心情沉重的不是雨，而是式今天的表現。
我到底有什麼值得讓你這樣相信？他該如何向這麼問的她傳達心聲？
當時的式非常脆弱，幹也甚至以為她在哭泣。
雨下個不停。
匯聚在石板上微微發光的水窪，正毫不厭倦地一再掀起小小的漣漪。
雨聲安靜卻又嘈雜。

幹也茫然地聆聽著，一個較大的聲響傳入耳中。

啪沙！那是個格外響亮的水聲。

幹也轉頭一看，發現一襲紅色的單衣。

身穿單衣的少女淋著雨。

少女連傘也沒撐，暴露在恣意飄落的雨點中，就像被人從海底撈起一樣渾身濕透。

她的短髮貼在臉頰上，藏在黑髮後的眼眸透出空虛。

「——式！」

幹也驚訝地奔向少女。

突然現身的她，究竟淋雨淋了多久？

紅色和服緊緊貼在身上，她的身軀就像冰一般寒冷。

幹也遞出雨傘，從背包裡拿出毛巾。

「來，拿去擦擦身體。妳在做什麼？自己的家明明就在旁邊……」

他一邊責備，一邊伸出手。

少年的缺乏戒心，令她嘲笑起來。

咻！白刃劃過空氣。

「——咦?」

早在幹也察覺之前，手臂上熾熱的感覺就讓他猛然往後跳。

滴答……某種溫暖的物體流過手臂。

我被割傷了?

傷口在手臂?

為什麼?

我動不了?

由於痛楚太過銳利，他無法理解這和平常感受到的疼痛是同種東西。強烈的劇痛，甚至使痛覺也為之麻痺。

幹也沒有餘力去思考。

應該是式的紅衣少女展開行動。

或許是因為從前在此地目睹過慘劇，幹也的意識尚未陷入混亂。他彷彿事不關己般冷靜地縱身往後一躍，逃離現場。

——不，他不可能逃得掉。

就在幹也後退的瞬間，她已撲向他的懷中，兩者的速度之差是人類與怪物的差距。

唰!幹也聽見聲音從自己的腳上傳來，雨中多出了一抹紅。

自己的血流過了石板路──看見這一幕，再也站立不住的他仰天倒下。

「啊──」

他的背部撞在石板上，發出喘息。

紅衣少女壓在倒地的幹也身上，毫無迷惘地將手中的刀子抵上他的咽喉。

幹也漠然地仰望夜空，看到的是黑暗──還有她。

那雙黑瞳裡沒有感情，只有認真。

刀尖觸及幹也的喉嚨，或許是被雨淋濕的關係，少女看來彷彿在哭泣。

她面無表情。

那宛若面具般的哭泣臉孔是這般可怕，也這般悲哀。

「黑桐，你說話啊。」

式這麼開口。

她是要聽聽他的遺言吧。

「我……不想……死──」

他的聲音在顫抖，回答也不知是否是對式而發。

他說話的對象並非式，應該是此刻來襲的死亡吧。

式露出微笑。

「我想殺你。」

那是一個極為溫柔的笑容。

——場景轉換。

空之境界／序

一九九八年六月。

我進入橙子小姐的事務所就職，順利完成第一件工作。

說是這麼說，我所做的事就類似橙子小姐的秘書，只是和律師討論如何處理契約上的手續而已。

雖然無法獨力承擔重任讓我有些不滿，但我自己最清楚，沒讀完大學就休學的我還不能獨當一面。

「幹也，今天不是你去醫院探病的日子嗎？」

「是啊，我下班之後就會過去。」

「你可以早點離開，反正工作也都做完了。」

戴上眼鏡的橙子小姐會變得非常親切。今天就是這麼一個幸運日，她本人據說也剛完成一件案子，正在擦拭愛車的方向盤。

「那我出去一趟，大概兩個鐘頭就會回來。」

「記得帶禮物回來喔。」

我轉身背對輕輕揮手的橙子小姐，離開事務所。

每個星期六下午，我都會去探望她。去探望自從那一夜，就再也無法說話的兩儀式。

我不曉得她有著怎樣的痛苦，在想些什麼。

我也不懂她為什麼想要殺我。

但是，式在最後露出的那個如夢似幻的笑容，已足以說明一切。

就像學人所說的一樣，黑桐幹也早已為兩儀式癡狂了。光是差點死在她手中一次，還不足以讓我恢復正常。

一直在病房中沉睡的式，仍保持當時的模樣。

我想起最後那一天放學後，佇立在夕陽之中的式。

在彷彿火焰燃燒般的黃昏時分，式問我，她到底有什麼值得我這樣相信。

我重複了當時的回答。

……並沒有根據，但是，我還是會一直相信妳。因為我喜歡妳，所以想要一直相信妳

——

那是個多麼不成熟的答案。

儘管這決定並沒有根據，其實是有的。

她不會殺害任何人，這點我敢保證。

因為她清楚殺人有多痛。既是被害者亦是加害者的妳——比任何人都清楚，那是多麼悲傷的事。

所以我選擇相信，相信不會傷人的式與渾身是傷的織。

——相信那個好像隨時都會受傷，看來岌岌可危，從未吐露真心的……名叫兩儀式的女孩。

0

準備好的棋子有三顆。

依附死亡而飄浮的雙重身體者。

接觸死亡而獲得快感的不適應存在者。

逃避死亡而衍生自我的起源覺醒者。

他們將互相糾纏，並於相剋螺旋等待。

3/痛覺殘留
ever cry, never life.

小時候，有一次玩扮家家酒，我把手掌割傷了。
因為在借來的東西、仿造品、模型……
這些迷你版的煮菜道具裡，摻雜了一把真的刀子。
我拿起那柄有漂亮雕飾的小刀玩耍，
不知不覺在指縫間割出很深的傷口。
掌心沾滿血跡的我回到母親身邊，
記得她在罵過我之後掉了眼淚，還溫柔地擁抱我。
很痛吧？母親說道。
那些話的意思我聽不太懂，
但是我很高興能被人抱在懷裡，和母親一起哭泣。
藤乃，等傷口痊癒就不會再痛了——
媽媽邊替我包上白色的繃帶邊告訴我。
這句話的意思我還是聽不懂。

因為我從沒有感覺過痛。

／痛覺殘留

0

「你帶來的介紹信很罕見啊。」

與白袍很相襯的中年教授露出有如爬蟲類的笑容，與我握手。

「喔，你對超能力感興趣嗎？」

「不，我只是想了解那是什麼樣的東西。」

「這就叫感興趣啊，也罷。喔，用名片代替介紹信還真有她的風格。她在我的學生裡是特別出類拔萃的一個，我很中意她。我這裡能派上用場的傢伙也越來越少了，缺少人才真讓人頭疼。」

「那個，我是想請教關於超能力的事。」

「對對對，不過，超能力也有種類之分喔。我們這邊沒進行專門的檢測，不知道能不能當作參考。這門學術很遭人忌諱，在日本只有屈指可數的研究設施以黑箱作業的方式進行研究，我也沒有詳細資料。嗯，據說最近這三年來成果已經提升到相當實用化的水準，不過也很難講。畢竟這種能力，必須從一出生時就有所突破啊。」

「關於超能力的區別就不必說明了，大概是念動力。我想問的是，人類是以何種形式擁有超能力的？」

「以頻道的形式。你會看電視嗎？」

「是，我當然會看——這有什麼關連嗎？」

「就是電視啊，把人類的大腦比喻成頻道，你平時最常收看什麼頻道？」

「……我想想，應該是第八頻道。」

「這就是了，這代表第八頻道是收視率最好的頻道。假設人類的大腦有十二個頻道，我和你的腦子總是在收看第八頻道……收看收視率最好的節目。雖然還有其他的頻道存在，我們卻接收不了。大家最常看的節目，也就是常識。活在常識世界之中，只得以在此生活的我們，選擇的就是第八頻道。聽懂了嗎？」

「——意思是說，我們只能看見最無害的節目嗎？」

「不對不對，這麼做是最好的。第八頻道是現今的常識，也就是收視率最好的法則。既然我們只得以待在頻道中，這樣不是最安穩嗎？我們生活在常識中，在常識這個絕對法則的守護下互相溝通。」

「那麼，其他的頻道並不安穩囉？」

「這可難說了。

假設在第三頻道，能夠接收到植物的語言代替人類語言。

假設在第四頻道，原本用來操縱自身肉體的腦波，轉而可以操縱外界的物體。

如果有這種頻道存在可是十分驚人的。但是，其他頻道沒有在第八頻道內播出的常識，會播放各自專屬的『節目（規則）』。既然要在這個時代生活所需的頻道是大家共用的第八頻道，收看第四頻道的人，自然不可能適應社會（第八頻道）。因為其他頻道裡，沒有第八頻道播出的常識啊。」

「——總之，沒收看第八頻道的人就是精神異常者嗎？」

「嗯。假設有個人只能接收到第三頻道，他可以和植物溝通，相對的卻無法與人類交談。就結果而言，社會上會將這種人視為精神異常，關進醫院。

超能力者就是這樣的存在。他們天生就是能收到其他頻道，而非大眾共用頻道的人。

不過，大多數的超能力者都可以同時接收第八頻道與第四頻道，分別使用，既然是電視頻道，當然可以切換到自己想看的節目吧？收看第四頻道時就看不見第八頻道，反過來說也是一樣。藏身於世間的超能力者，就是這樣靠著切換頻道活下去。因此，我們也無法輕易找出他們的蹤跡。」

「原來如此，所以——常識對於只能收到第四頻道的人來說並不適用。不，他們打從一開始就沒有這種東西。」

「沒錯。這種人一般都被稱作殺人魔或瘋子，但我稱他們為『不適應存在者』。無法適應社會的人非常多，他們的存在本身卻從一開始就無法適應這個社會。他們不應該存在，不，是無法存在。

打個比方，如果有個人從前可以收看一般的頻道與第四頻道，卻因為某些狀況導致肉體機能遭到破壞，不能再接收一般頻道，這個人就會完蛋。就算他從過往的生活中得知何謂常識，可是無法切換頻道，他就無法和我們溝通。因為頻率不同啊。」

「……那麼，有什麼方法可以讓不適應存在者適應世界嗎？」

「嗯，只要停止那個人的生命活動不就好了？

說得更精確點，只要破壞那個異常的頻道就可以了。不過這代表要破壞大腦，終究還是只有殺掉對方這條路可走。目前還沒有可以不破壞肉體機能，僅僅破壞組織的便利技術，如果真的有，那才稱得上是超能力呢。我想那大概是最強的第十二頻道吧，那間電視台什麼節目都有。」

哈哈哈，教授打從心底放聲大笑。

「……你的意見很有參考價值。博士，這種叫念動力的超能力，最廣為人知的例子就是扭曲湯匙嗎？」

「怎麼，你說的那個人可以扭曲湯匙嗎？」

「湯匙我是不知道，但她可以扭曲人類的手臂。」

「類似你這樣的成年人的手臂嗎？真厲害。比起物體的硬度，物體的大小才是『歪曲』的問題所在。要扭曲人類的手臂，大概得花上七天時間吧。那隻手臂是往哪個方向旋轉？是右邊，還是左邊？」

「——方向有什麼意義嗎？」

「有啊，是軸心的問題。就連地球不是也有迴轉方向嗎？咦，不固定？……嗯～這是實際存在的能力嗎？如果是的話，你最好別和對方扯上關係。那個不適應存在者可以接收兩個以上的頻道，大概還能同時進行左迴旋及右迴旋。我沒有聽說過能接收到兩個頻道，並同時使用的案例。如果001和002合體，即使是009也會落敗吧（註2）。」

2　為石之森章太郎漫畫〈人造人009〉中登場角色。

「……因為時間不多，我就先在此告辭，接下來還得趕去長野縣一趟。今天真是麻煩你了。」

「嗯，沒關係、沒關係。既然是她介紹的，歡迎你隨時來訪。

對了，蒼崎她過得好嗎？」

／1

淺上藤乃意識朦朧地坐起身。

她置身於一個房間裡，周圍不見人影。

屋內沒有開燈。不，這裡本來就沒有裝電燈。

唯有漆黑的黑暗，散落在她的周遭。

「啊──────」

藤乃苦惱地嘆口氣，觸摸自己的長髮……原本從左肩垂至胸口的髮絲不見蹤影，大概是被剛才壓在她身上的男人拿刀子割掉了。想起這件事之後，她終於環顧四周。

這是個建造在地下室的酒吧。自從半年前由於經營困難而結束營業後，這間廢屋就變成不良少年的聚會場所。

……一張折疊椅被粗暴地扔到一角……室內正中央只剩下一張撞球桌……從便利商店

買來的簡單食物吃得到處都是，空盒堆積如山。

種種怠惰的痕跡，彷彿構成了醜惡的殘渣。屋內充斥著一股餿味，令藤乃心生不快。

這是個廢墟，還是位於遙遠國度的貧民窟暗巷？她根本無法想像，爬上樓梯之後外面會有正常的街景。此處唯一正常的，就是他們帶來的酒精燈散發的味道。

「嗯——」

她舉止文雅地環顧四周。

藤乃的意識尚未完全恢復，還弄不清剛才發生了什麼事。

她撿起掉落在一旁的手腕。被扭斷的手腕上掛著電子錶，螢幕顯示現在是九八年七月二十日。

時間是晚上八點，距離事情發生後經過不到一小時。

「嗚……！」

一股突發性的疼痛襲來，藤乃不禁呻吟。

她的腹部殘留著強烈的感覺，彷彿從體內絞緊的焦躁感，讓她難以承受地縮起身子。

她的手撐在地板上，發出嘩啦啦的水聲。

仔細一看，這座廢墟的地板已經被水淹沒。

「……啊，今天好像下了雨。」

藤乃自言自語著站起身。她瞥向自己的小腹，上頭沾著血跡。

那是她——淺上藤乃被這些陳屍一地的男人刺出的傷口。

⋮

拿刀子刺傷藤乃的男人，在街上惡名昭彰。他在那些高中輟學生裡面格外顯眼，大家都聽說過，他是那群小混混的老大。

作為娛樂的一環，召集一群臭味相投的夥伴縱情享樂的他強暴了藤乃。

這麼做沒什麼理由。只是因為藤乃是禮園女子學院的學生，又是個美女罷了。

單是一次的施暴，不足以讓有點野蠻、任性到不知反省為何物又腦袋空空的他，還有那群相似的同伴感到滿足。

他們本來還知道自己有可能受到制裁，但一發現藤乃沒找任何人商量，只是獨自煩惱之後，就改變了態度。他們察覺自己掌握優勢，多次將她帶進那座廢墟。

今晚也是其中的一次，他們已經徹底安心，也漸漸開始厭倦這樣的行為。

那男人會拿出刀子，應該也是想打破這惰性的重複模式。即使遭到強暴，藤乃依然過著不變的生活，這一點似乎傷害了不良少年老大的自尊心。他想要明確的證據，證明支配藤乃的人就是自己。為了達成目的，他準備好刀子來施加進一步的暴力。

然而，少女卻只露出更為冷淡的神情。

他暴怒地壓倒即使被人拿刀威脅也神情不變的少女，

然後——

「……衣服弄成這樣，根本沒辦法出去。」

藤乃摸摸渾身是血的自己，垂下眼眸。

她身上只有小腹的刺傷流過血，可是從頭髮到鞋子都沾滿了他們噴出的血花。

「弄得全身髒兮兮的——真像個笨蛋。」

比起至今一直遭到強暴的事實，她似乎更無法容忍這身血汙。

少年們的屍塊散落一地，藤乃踹了其中一具屍體一腳。自己和平日天差地遠的凶暴性令她感到驚訝，同時也思考著。

外頭在下雨，再過一小時後行人也會變少。現在是夏季，即使淋雨也不必擔心會冷。就邊讓雨水洗刷血痕邊走到公園，在公園設法打理乾淨——

一做出結論之後，她立刻恢復冷靜。

藤乃在血窪中前進，在撞球檯坐了下來，這才開始數起屍體的數目。

一、二、三、四……四……四……四？再怎麼數都是四具……!?

竟有這種事——少了一具。

「有一個人逃掉了──」

她輕聲呢喃。

我大概會被警察抓走吧。只要他衝進派出所，我就會直接被捕。

可是──他真的會去派出所嗎？

他要如何說明此處所發生的事？

從他夥同數人綁架名叫淺上藤乃的少女聯手施暴，威脅她「如果不想讓事情在學校公開，就乖乖聽話」開始說明嗎──？

怎麼可能。這種事非但不可能發生，那些小混混也沒能力編出能隱蔽事實的精巧謊言。

藤乃稍微鬆了口氣，點燃放在撞球檯上的酒精燈。

呼地一聲，火焰照亮黑暗。

十六塊四分五裂的肢體自黑暗中清晰地浮現。如果在現場找一下，軀幹和頭顱應該也各有四個。

在橙色火光映照下，這個被瘋狂漆上一片赤紅的房間，在一切意義上都已宣告完結。

藤乃並不太在意這片慘狀。

……有一個人跑掉了，她的報仇還沒有結束。

令人高興的是，還沒有結束。

「我非得報仇不可嗎？」

我必須再殺一個人，這個事實讓藤乃心生恐懼。我不可能辦得到，她身軀顫抖著。可是，不把他滅口自己就會有危險。不，就算如此，我也不想再犯下殺人這種惡行了——

這是她毫無虛假的真心話。

在血窪的倒影中，她的嘴角浮現淺笑。

痛覺殘留／

1

七月也接近尾聲，我的身邊發生了不少熱鬧的狀況。

躺在醫院病床上昏睡長達兩年的朋友恢復意識、我在休學後進入的工作崗位上完成第二件大案子、相隔五年不見的妹妹來到東京，讓我忙得沒時間喘口氣。

黑桐幹也的十九歲夏天，就在這番手忙腳亂中揭開序幕。

今天是久違的假日，高中時代的朋友約我出去聚餐，等我注意到時已經錯過了末班電車。

其他參加聚餐的人招了計程車，但明天才是發薪日的我沒那種閒錢可花。

無可奈何之餘，我只得步行回家。幸好，我的住處距離這裡只有兩站。直到剛才都還是七月二十日的日期，已經切換為二十一日。

午夜零時過後，我獨自走在夜晚的街道上。

因為明天是非假日的關係，鬧區正準備入睡。今晚下過大雨，雖然雨勢已在夜色轉深後停歇，柏油路上卻還殘留著水窪。

濕漉漉的路面響起水聲。

時值盛夏，今夜的氣溫也輕輕鬆鬆地超過三十度。夜間的熱氣與雨水的濕氣黏貼在皮膚上，我正覺得心煩時，忽然發現有個女孩子蹲在馬路上。

一身黑色制服的女孩，正痛苦地摀住小腹蹲在路旁。

……我看過這件讓人聯想到教會修女的制服。這樸素卻高雅的設計，屬於著名的貴族學校禮園女子學院。根據學人的說法，這套制服「就是有女僕裝的味道這點好」，大受有那方面嗜好的人歡迎。

話先說在前頭，我可不包括在內，只是因為妹妹就讀禮園才會有印象。

「聽說禮園是全體住宿制的學校……」

而她卻在這種時間出現在這種地方，太奇怪了。她碰到了什麼麻煩嗎？或者是不遵守校規的不良少女？

一方面也是看在她與妹妹同校的關係，我開口呼喚少女。

小姐？少女聽到我的聲音後緩緩地回過頭，一頭束起的長長黑髮隨之流瀉。

「————」

她似乎微微地——難以察覺地倒抽了一口氣。

眼前是一位長髮少女。她的眼神沉穩，看起來非常文靜。她五官端正的嬌小臉蛋長得很可愛，卻有著精緻銳利的輪廓。那種微妙的平衡感，很接近日本人偶的美。

她的長髮筆直地披在背後，左右兩邊各有一束頭髮在耳畔稍微紮起後垂到胸前，互相對稱。本來左右對稱的髮絲只有左邊空空蕩蕩，就像被剪刀剪掉了。

少女的瀏海修剪得很整齊，一眼就讓人聯想到豪富之家的千金。

「有什麼事嗎？」

少女臉色蒼白地回答。

她的嘴唇泛紫，顯然出現了發紺症狀。她一手摀住小腹，表情痛苦地扭曲起來。

「肚子痛嗎？」

「不是的，那個——我，這個——」

少女裝出平靜的模樣，回答的話語卻徒勞地兜著圈子。

她看起來搖搖欲墜，簡直就像我第一次遇見時的式，散發出隨時都會倒下的氣息。

「妳是禮園的學生對吧。錯過電車了嗎？這裡離禮園很遠，要我幫妳叫計程車嗎？」

「不，不必了，我身上沒有錢。」

「嗯，我也沒有。」

是嗎，少女困惑地眨眨雙眼。

……看來我反射性的回應太出人意表了。

「這樣啊，那妳家就在附近吧。我聽說禮園是全體住宿制的學校，原來可以申請外宿嗎？」

「不，我家距離這裡比學校更遠。」

真傷腦筋，我搔搔腦袋。

「那妳是離家出走囉？」

「是的，這是我唯一的選擇。」

……真頭痛。

仔細一看，少女已經渾身濕透。雨下到剛剛才停，她之前大概連傘也沒有撐，身上正滴著水滴。

打從那時候開始，我就討厭見到被雨水打濕的女孩。

或許是出於這個原因，我自然地脫口而出。

「今晚妳來我家過夜好了？」

「這怎麼行，我方便過去打擾嗎……!?」

少女依然蹲在地上，露出求助的眼神問道。

「嗯。我是一個人住，沒問題的，但我不保證妳的安全喔。雖然我沒那個意思，萬一發生什麼巧合，我說不定會改變主意。我好歹也是個健康的年輕男人，請妳把這種風險考慮進去。要是妳可以接受的話，就跟我來。很不湊巧，今天是發薪日的前一天，我家裡什麼也沒有，不過起碼還有止痛藥。」

少女很高興。看到她毫無戒心又純真的笑容，我也跟著高興。

當我伸出手後，她緩緩地站起身——那一瞬間，我發覺少女所坐的柏油路面彷彿沾著紅色的汙漬。

「還得走一段路，如果妳覺得很難受就跟我說。區區一個女孩子，我還背得動。」

「好的。不過我的傷口已經癒合了，不會痛。」

她客氣地回答，一隻手卻仍然摀在小腹上，怎麼看都像是正承受著什麼疼痛的折磨。

我不知怎地重複了剛才說過的話。

「肚子痛嗎？」

不，少女在否定後陷入沉默。

我們緩緩地往前走。經過短暫的沉默之後，少女頷首。

「——是的。非常……非常痛，我快哭了——我可以、哭嗎？」

當我點點頭，她心滿意足地閉上雙眼。

……不知為何，不可思議的是，她露出彷彿在作夢的表情。

◇

◇

由於少女沒有說出姓名，我也沒有報上名字。我總覺得，這麼做比較有禮貌。

我們回到公寓時，她表示想借用浴室沖澡。因為她還想烘乾濕透的制服，我便離席迴避。

我找個常見的藉口說要出去買菸，就出了門。再也沒有什麼時刻，會比跑去買一包沒有在抽的菸更讓我親身感受到自己是個濫好人。

消磨了大約一小時後，我折回公寓，發現少女已經躺在起居室的沙發上睡著了。

我將鬧鐘時間撥到七點半，放在床頭。

……要入睡時，我格外地在意少女那件腹部被割破的制服。

隔天早晨我一睜開眼睛，就看到她無所事事地正坐在起居室裡。

看到我已經起床，她向我行了一禮。

「昨晚承蒙你的照顧。雖然不能有所回報，但我真的很感謝你。」

我告辭了，少女說完後起身準備離開……一想到她特地正坐在那邊等待只是為了致謝，我就不忍心讓她直接回去。

「等一下，起碼先吃過早飯吧。」

聽到我開口挽留，她乖乖地依言而行。

因為家中剩下的材料只有通心粉和橄欖罐頭，早餐自然就是義大利麵。我迅速做好兩人份的餐點端上桌，和少女共進早餐。為了彌補會話的空白，我打開電視，螢幕上一大早就播出聳動的新聞。

「——哇，這事件還真合橙子小姐的胃口。」

如果她本人聽到這句話，恐怕會拿拖鞋扔我。不過，新聞內容確實帶著強烈的獵奇色彩。

身在現場的播報員淡淡地說明情況。

在一間從半年前就停止營業的地下酒吧中，發現了四名青年的遺體。四人的手腳全數慘遭凶手扭斷，現場似乎化為一片血海。

地點倒是很近，距離昨天的聚餐場所大概有四站的車程。

——手腳不是被砍斷，而是被扭斷的，這種描述方式聽來有些不恰當。但新聞並未追究這一點，開始發表被害者的身分。

遇害的四名少年都是高中生，以現場附近的鬧區為中心廝混。他們好像也涉足毒品買賣，接受採訪的相關人士在麥克風前說起被害者生前的樣子。

「那群傢伙，就算被殺也是當然的。」

電視中傳出經過變聲的臺詞，就像在責備死者的新聞內容令我心生反感，關掉電視。

我不經意地望向少女，她正痛苦地按住腹部。她的早餐連一口也沒動過，看來肚子還是不舒服……因為少女低著頭，我看不見她的表情。

「——這個世上，沒有人就算被殺也是當然的。」

她喘著氣如此說道。

「為什麼——我的傷明明痊癒了，怎會這麼……！」

少女粗暴地從椅子上站起身，甩著頭髮一路奔至玄關。

我慌忙追上去，她卻低著頭伸出一隻手，示意我不要靠近。

「等等，妳還是等到身體好一點再走吧。」

「沒關係，我——果然已經回不去了。」

她的表情因痛苦而扭曲。

那忍著痛的面容，和式——非常相似。

等待疼痛緩和之後，少女深深地一鞠躬，握住門把。

「別了，希望我們再也不會見面。」

少女就此離去。

在她宛如人偶般沉靜的容顏上，唯有眼眸彷彿泫然欲泣。

2

結束與陌生少女的相遇後，我前往事務所。

我上班的公司沒有正式的名稱，雖然專營人偶製作，但大部分的工作都與建築方面有關。

身為所長的蒼崎橙子是名外表看來年近三十的女性，一個買下半途停工的廢棄大樓當事務所使用的怪人。簡單的說，這裡並非一間公司，只不過是橙子小姐個人興趣的延伸。

我來這樣的地方工作有種種原因，不過這就是黑桐幹也現在的日常生活。

抱怨歸抱怨，但我並無不滿，反倒覺得自己很幸運……這裡雖然有些問題，但還在可以忍受的範圍內。

——我想著這些事，已經抵達了公司。

大樓一共有四層高，事務所設在四樓。

位於工業區與住宅區之間的大樓宛若一座伽藍，明明不高，卻震懾了仰望者的心靈。

由於沒有電梯，我走樓梯爬上四樓。

剛走進事務所，我就看見那片一如往常凌亂的景物中站著一個不相稱的身影。

少女穿著近乎黑色的深藍和服，回頭以倦怠的眼神望向我——那襲和服上印著類似魚的圖樣。

「咦?式，妳怎麼會在這種地方?」

「說成這種地方也太失禮了，這裡好歹也是你工作的地點吧，黑桐。」

在式的對面，坐在辦公桌前的橙子小姐瞪了我一眼。

她叼著香菸，依然是一身樸素的服裝。她身穿足以出席喪禮的洗鍊黑長褲配白襯衫，戴著單邊耳環，顏色當然是橘色的。我不清楚原因，但這個人似乎有非要在身上佩帶一樣橘色飾品的偏好。

「你來得真早，我不是告訴過你最近都沒有案子，今天等到下午再過來嗎?」

「不，這可不行。」

沒錯，我的金錢狀態不容許我這麼做。畢竟當手頭只剩下電車月票和電話卡時，實在讓人不安。

「更重要的是，式為什麼會在這裡？」

「是我找她來的，有點生意上的事要處理。」

式什麼話也沒說，只是愛睏地揉揉一邊眼睛。她昨晚又出門散步了嗎？她從昏睡狀態中醒來還不到一個月，我們不知怎地變得有些說不上話。

式看來不太想開口，我便走向自己的位置。

……沒有工作可做總是讓人心情沉悶。這種時候只能靠閒聊來撐場面，我也碰巧有消息可以拿來當話題。

「對了。橙子小姐，妳看過新聞了嗎？」

「你是說寬廣大橋（Broad Bridge）嗎？又不是在國外，日本才不需要這麼大的橋。」

聽到她的抱怨，我不禁退縮。

橙子小姐所說的，是那座預計明年完工、全長十公里的大橋。我們居住的城市離港口很近，只需二十分鐘車程就能抵達建造在海埔新生地上的人工港，這座港口的地形卻有些問題。

簡單的說，就是港口中間隔著海灣。港口在地圖上呈弦月狀，要從弦月的最上端前往最尾端會被迫繞上一大段遠路，沿著弦月外圍的巨大弧形兜一圈。為了消除市民的不滿，對此感到憂心的市政府開發部門與大型建設集團合作展開行動。

他們試圖以巨大的跨海橋連結弦月兩端，變曲線為直線……當然，建設所需的莫大資金大半來自我們繳納的稅金。說要消除市民原本並不存在的不滿，反倒引出真正的不滿，這真是最簡單的例子。

這座問題大橋內部有水族館、美術館，還有座能夠容納一千輛車的大停車場，真不知道是橋還是遊樂園。那裡在不久前還單純地稱作觀布子大橋，不過聽橙子小姐的口氣，似乎已正式定名為寬廣大橋。

順便一提，我和橙子小姐都對這件事沒有好感。

「但是橙子小姐，就算覺得討厭，妳卻租下了大橋內部的展示區耶。」

「我可不是自願的，只是有個熟人拿租用權代替報酬付給我。雖然要賣掉也可以，但我和淺上建設多少有點交情，總不能倒賣他們的東西。真是的，無法換錢的權狀比草紙還不如。」

她惡聲惡氣地抱怨，似乎正缺錢用。

……我有種討厭的預感。

「社長，我不想剛到公司就開口提這種事，不過請發薪吧。」

「黑桐，關於這件事，問題在於我現在沒錢。不好意思，這個月的薪水就讓我下個月再發吧。」

橙子小姐以完全的平常心斷然回答，而且還是一口咬定，好像我才是壞人似的。

「請等一下，妳昨天不是才匯出快一百萬嗎？怎麼能說沒錢!?」

當然是拿去花掉啦。橙子小姐將椅子晃得嘎吱作響，這麼反駁。

式羨慕地注視著她……的確，橙子小姐看上去很開心。

不，這種事現在無關緊要。

「妳到底是花到哪裡去了？橙子小姐。」

「這東西也沒什麼好提的啦，也不過就是維多利亞時代的靈應板。雖然效果不太能期待，但畢竟是將近百年前的東西，多少仍有其價值存在。不論看起來再怎麼不起眼，只要留有魔術的痕跡並經過歲月洗禮，就會產生附加價值。

就算這樣，派不上用場還是派不上用場，算是我個人興趣的收藏品吧。」

她淡淡說明著，我真是搞不懂這個人。

蒼崎橙子是一名魔術師。如果她是個變魔術的那該有多好，但事實就是事實，我也只能承認。

身為魔法使的她，還在繼續辯解。

「我突然發現這塊寶，就一時衝動買了下來。火氣別這麼大嘛，我現在也是身無分文啊。」

……要我別發火，是強人所難。

因為親眼目睹過橙子小姐創造的奇蹟，我覺得她缺乏生活能力的一面也是種可愛之處，但今天我卻無法如此寬大為懷。

「妳的意思是，妳不是在說笑，這個月是真的沒有薪水可領？」

「對，員工請自行籌錢。」

我明白了，我這麼回答之後站起身。

「那麼，為了籌措這個月的生活費，請容我早退。應該可以吧？」

「可以啊。對了，黑桐，我有另一件事想拜託你。」

橙子小姐改變了口氣，事情和她找式過來的理由有關嗎？我壓抑心中的怒氣，停下腳步。

「什麼事？橙子小姐。」

「可不可以借我一點錢？你也看到了，我連半毛錢也沒有。」

「——我全力拒絕。」

我用力關上大門，離開事務所。

◇

在一旁看完黑桐幹也與蒼崎橙子這場鬥嘴之後，兩儀式終於開口。

「橙子，妳話還沒說完。」

「對喔。我本來不太想接下這類委託，偏偏不向錢低頭也活不下去……真是的，我又不是鍊金術師，居然會為錢所困。這都是因為黑桐不肯資助我的關係。」

真不愉快，她將菸蒂按在菸灰缸裡揉熄。

幹也多半更不愉快吧，式心中想道。

「好，是關於昨晚的案件——」

「內容妳就不用再說了，我大概都了解了。」

「喔——是嗎。我只有說明了現場的情況而已，資料就足夠了?妳很能舉一反三嘛。」

橙子以意有所指的眼神瞥向式。

關於發生在昨夜七到八點之間地下酒吧凶殺案，她明明才講出結果，式卻表示已了解這是個怎樣的事件。

「據說委託人知道凶手是誰，妳的工作是盡可能保護凶手，但只要對方稍有反抗——可以不留餘地直接殺掉。」

這樣啊，式簡短地回答。

工作內容很簡單，只是找出凶手並殺了他。

「不過，之後呢?」

「如果妳殺掉凶手，他們會將事情處理成意外死亡。對委託人而言，她在社會層面上等於已經死了，殺掉死人並不違法。如何?我認為這份工作很適合妳。」

「還需要我回答嗎?」

說完之後，式邁開步伐。

「何必急成這樣呢?原來妳這麼飢渴啊，式。」

式沒有回應。

「這是對方的照片與經歷，連長相都不清楚，妳是急著要上哪去？」

橙子傻眼地扔出資料，式只以眼神回答了她。

裝著資料的信封啪地一聲落在地面。

「不需要。那傢伙絕對和我是同類。

——所以，我們一定會在相遇的瞬間展開廝殺。」

只留下衣物摩擦聲與冷酷的眼神，兩儀式離開了魔術師的工房。

◇

順勢衝出事務所之後，我只得無可奈何地找朋友借錢。

我們約好在我六月休學離開的大學見面，正午過後，學人昂首闊步地走進餐廳。在高中時代就體格健碩的他，現在氣魄更是逼人。

聽完我的來意，學人果然面露難色。

「真讓我驚訝。居然為了借錢約人出來，你真的是黑桐幹也嗎？」

「只要被逼到絕境，我也是什麼事都幹得出來啊。儘管不太想說，但現狀正是如此。」

「所以一開口就要借錢嗎？真不像你，你也知道我天天缺錢吧？比起找我白費力氣，回去跟你爸媽借不是更快？」

「你也幫幫忙，我要從大學休學時和家裡大吵一架，就沒再聯絡過了。我現在哪還有臉回去?」

「哈哈,畢竟你頑固的地方異於常人嘛。你跟你爸狠狠吵了一架是嗎?」

「我家的狀況不重要吧。你是借還是不借?」

「怎麼啦?你火氣不小喔。」

「多管閒事。」

當我這麼瞪著他,學人乾脆地答應了。

「只要報出你的名字就能籌得五、六萬圓,如果還不夠的話就由我來出。不過,你也該禮尚往來啊。」

……看來這傢伙似乎也有求於我。

學人打量周遭,確定附近沒有人影後小聲地開口。

「總而言之,我想要你幫忙找一個人。我有一個學弟沒有回家,聽說是惹上了什麼麻煩事。」

學人的話聽來相當不妙。

那個失蹤的學弟名叫湊啟太。

從昨天開始下落不明的他,據說與昨晚那場獵奇凶殺案的遇害者是一夥的。昨夜,湊啟太和朋友連絡過一次,但他的狀況實在太過反常,讓接到電話的朋友跑來找身為學長的學人商量。

「啟太那傢伙嚷嚷著什麼我會被殺,但他只打過那一通電話,就算打他的手機也沒人接。接到電話的傢伙告訴我，他好像很茫。」

學人說的很茫，是指嗑藥嗎？最近，不會留下後遺症的入門用麻藥變得價格低廉，容易入手。比方說LSD一類的藥，就連高中生也弄得到手，不過沒必要勉強去碰。

「……我說啊，你覺得我適合那種暴力的世界嗎？」

「這是什麼話，你明明最擅長像這樣尋找失物了。」

「……那個叫啟太的，平常就會嗑藥嗎？」

「不，會碰的是那些被殺的傢伙。你不記得啟太了嗎？他是以前很喜歡黏你的傢伙之一。」

「——啊，原來是那孩子？」

在高中時代，我不知為何很受這一類學弟的仰慕。大概是因為我是學人的朋友，讓他們另眼相待吧。

「……唉，希望他只是吃了不習慣的藥產生幻覺就好。那群傢伙用的藥是是UP系還是DOWN系？」

毒品分為會使人精神亢奮、心情歡快的UP系，以及反過來變得陰鬱消沉的DOWN系。

學人說出的藥名屬於DOWN系。

「如果他用嗑藥來逃避恐懼——那就糟糕了，他說不定真的已被凶手盯上……沒辦法，我就答應下來吧。告訴我那群人的交友關係。」

學人好像就等我這句話，立刻拿出地址。交遊特別廣似乎是這夥人的特徵，上面記載了數十人的名字與手機號碼，以及各個團體的出沒地點。

「一找到人我就通知你，我這邊說不定會先安置他，沒關係吧?」

我所說的安置，是指將啟太交給我身為刑警的表哥大輔。

學人點點頭，大概是事先想到過這一點。

生意就這麼說定，我先借了兩萬圓當作搜查資金。

和學人道別之後，我前往命案現場看看。因為直覺告訴我，要做就非得認真去做。

我可不是用輕率的心態接下找這個人的委託。

即使內心明白不應該牽扯進去，但我也明白湊啟太這個學弟的處境岌岌可危，無法拒絕。

／2

電話鈴聲響起。

在響了大約五聲後，電話切換至答錄機。

嗶的一聲之後，我過去好像很熟悉的男聲傳來。

「早安，式，可以麻煩妳一件事嗎?我和鮮花約好今天中午在車站前一間叫 Ahnenerbe

的咖啡廳見面，但我恐怕不能過去了。妳應該有空，幫我告訴她我不會到。」

電話就此掛斷。

……我挪動倦怠的身體，望向放在床邊的時鐘。

七月二十二日，上午七點二十三分。

距離我回家才只過了四小時。

或許是因為我接受橙子的委託，昨晚一直在街上徘徊到凌晨三點的緣故，身體還很渴望睡眠。

我重新蓋好毛毯。

即便是盛夏清晨的炎熱，對我也影響不大。兩儀式從小就既能耐熱也能耐寒，現在的我也繼承了這種體質。

我躺了一會，電話鈴聲再度響起。

電話切入答錄機，接著傳來我不太想聽到的聲音。

「是我。妳看過新聞了嗎？沒有對吧。不看也沒關係，我也沒看。」

……我從以前就常常會想這女人的思考回路是否和我大不相同，現在更是確定了。不可以試圖理解橙子話中的意義。

「昨晚發生的死亡事件共有三件。已經化為例行公事的跳樓自殺又追加一人，還有兩件情殺。因為每一件都沒有上新聞，應該是當成意外處理。不過，只有一個案子很奇怪。如果妳想知道詳情，就來我這裡一趟。啊，不，妳還是別過來吧。試著想想，在電話裡交代一下就夠了。為了讓睡昏頭的妳也聽得懂，我就說得簡單些。總之，增加了一個犧牲者。」

電話就此掛斷。

我的理智也差點就此斷線。

犧牲者增加了一個還是兩個，和我毫無關連。就連身邊的現實都讓我感到朦朧不清，那麼遙遠的事根本沒有價值可言。

那些連名字都不知道的人的死亡，給我的印象比起晨間陽光更加薄弱。

等到身體從疲倦中恢復後，我起了床。

我依照從前的式十六年來所習得的常識弄好早餐，吃完之後準備出門。

今天我穿上撚線綢料子的淡橙色和服。如果白天要出門行走，我喜歡穿著當外出服使用的撚線綢和服。

——我好像是以自己的意見來挑選服裝，其實這也只是出自過去的習慣。

一種彷彿站在近處觀看他人生活的感覺襲上心頭，我咬住嘴唇。

兩年前，在兩儀式還是十六歲時並不是這樣的，也不是長達兩年的昏睡狀態改變了我……空白的兩年所帶來的，是更加不同的東西。

先不提這件事，現在的我感覺不到我是在依自己的意思行動。

我隨時都有錯覺，兩儀式這條十六年的線，就像操縱人偶般操縱著我。

不過，這其實只是錯覺吧。無論將這些行為怎樣斥為「空虛」、「虛構」或「扮家家酒」，我終究是照著自己的意志在行動，除了我之外的意志無法介入其中。

當我換好衣服時，時間快要到十一點了。

我重播第一通答錄機留言，從前應該聽過許多次的聲音重述內容。在錄音的保留下，曾一度奔向大氣中消失的聲音留下了形體。

……黑桐幹也。

兩年前，我最後見到的對象。

兩年前，我曾僅僅一度放下心防的同學。

現在的我知道我與他之間種種的過去，卻獨獨缺少最後的影像。

不，開始與他來往後的一年期間，兩儀式還是十六歲時的記憶充滿漏洞，感覺上欠缺了許多重要的部分。

為什麼式會碰到車禍？

為什麼在那一瞬間會看到幹也的臉？

如果被遺忘的記憶有錄影存檔，該有多麼方便。我很介意這些欠缺之處，還無法好好和黑桐幹也交談。

……答錄機的重播結束了。

聽到幹也的聲音，我心中的焦躁就消失了一點，真是不可思議。我彷彿獲得了明確的立足點，但聲音這種東西不可能拿來當作立足點。

那也是錯覺吧。

大概一定是錯覺。

因為現在的我唯一能獲得的現實，就是殺人時的亢奮感。

◇

Ahnenerbe是一間具有古典風格的咖啡廳。

確認過用德語書寫的招牌之後，我走進店內。

明明時值正午，店內的客人卻不多。

不知是怎麼設計的，店裡顯得有些昏暗。只有面向外側的桌子光線充足，櫃檯所在的咖啡廳深處格外陰暗。

牆上有四扇方形的窗戶，透過窗子射入的陽光就是唯一的光源。

只有靠窗的桌子一片明亮，彷彿被圈在方形的光亮中。或許是受到夏季強烈的陽光影響，這種明暗的對比並不陰沉，甚至散發出莊嚴的氣息。

黑桐鮮花坐在最裡面的桌子上。

兩名穿著西洋風制服的少女並肩而坐，等著幹也。

「兩個人——？」

事情和說好的不一樣。依照幹也的說法，應該只有鮮花在等候，我沒聽說過還有另一個人。

我一邊走過去，一邊觀察少女們。

兩人都留著一頭長長的黑髮，筆直地披在背後。

她們的相貌也很像，散發出貴族學園應有的風格，是沉靜又有知性的美人。不過，兩者給人的印象正好相反。

鮮花的眼神剛毅，帶著好像要挑戰什麼的強悍。即使外形就像個清純的千金小姐，也掩藏不住她內在的剛強。幹也靠著人品受到同學歡迎，但鮮花是因嚴謹而受人尊敬的類型。

坐在她身旁的少女非常柔弱，她的身形明明風姿凜然，卻散發出彷彿即將斷折的脆弱。

「鮮花。」

我走到她們的桌邊開口呼喚。

鮮花望向我，露骨地皺起眉頭。

「兩儀——式。」

她喃喃唸出我的名字，聲音裡存在著些微的敵意。無懈可擊的美少女氣息，對這名少女來說只是種裝飾品。

「我在等我哥，沒空理妳。」

鮮花保持冷靜，以帶刺的口氣說道。

「我就是來替妳那位哥哥傳話的，他說他今天來不了。妳被放鴿子了。」

鮮花倒抽一口氣，因為幹也的失約她大受打擊。或者說，是因為前來通知的人是我？

「式，是妳搞的鬼吧……！」

鮮花的手微微發抖，看來我前來通知的事實對她而言打擊更大。

「別說傻話，我也是受害者耶。他可是單方面的要我傳話，說『我沒時間見鮮花，幫我趕她回去』。」

她以怒火熊熊的眼眸瞪著我。

如果放著不管，鮮花恐怕會拿起茶杯扔過來，一旁的少女在這時提醒道。

「黑桐同學，那個……大家都被妳嚇到了。」

她的聲線很細。

聽到這個聲音，我退了一步。

「……對了，今天是妳有事要找哥哥，藤乃。該生氣的人不是我。」

對不起，鮮花向名叫藤乃的少女道歉。

我看著那個文靜的女孩，她也看著我。

「妳——不痛嗎？」

我忍不住脫口問道。

少女沒有回答，僅是看著我。她就像在眺望風景般漠不關心，眼神如昆蟲一般的無機質。

我的心中浮現兩點確信。

直覺認定這傢伙是敵人，實際感受卻告訴我這不可能成真。

「……不，不是妳。」

最後，我相信了實際感受。

這個名叫藤乃的少女無法以殺人取樂，因為她沒有取樂的理由。

不，光憑少女纖細的手臂就不可能扭斷四個男人的四肢。如果她像我一樣擁有超乎常規的眼睛，那還另當別論。

我對少女失去興趣，向鮮花開口。

「總之我要說的只有這些，妳有什麼話要跟他說嗎？」

「那就請妳幫我轉達一句話就好，『哥，請快點和這種女人分手吧』。」

鮮花認真十足地留下這句話。

◇

「哥，請快點和這種女人分手吧。」

黑桐同學一臉認真地告訴名叫式的和服少女。

她們僅僅凝望著對方，兩人之間飄盪著難以言喻的緊張感，害我擔心得不得了。她們就像手持菜刀抵在彼此的咽喉上，一抓到破綻就會劃下去。

這股緊繃的氣氛讓我膽小起來。既然事已至此，我只能祈禱兩人不要引發騷動。

幸好她們的對話就到此為止，一身橙色撚線綢和服的少女踏著優美到令人著迷的步伐離去。

我以目光追逐她的背影。

那個名叫式的女孩說話口氣就和男性一樣，使得我看不出她的年齡，不過說不定就跟我一樣大。

Ryohgi這姓氏，大概是指那個兩儀？這麼一來，她那身高級的撚線綢衣料也說得通了。撚線綢和服原本就是外出服，但她的那套在一些小地方可以看出現代風格的手工。如果她是兩儀家的女兒，即使有自己專屬的紡織師傅也不足為怪。

「——她真漂亮。」

「算是啦。」黑桐同學聽到我的獨白後回答。就算討厭對方她也會誠實回答，我覺得很了不起。

「不過，她也很可怕——我討厭她。」

黑桐同學吃了一驚。也難怪她會驚訝，就連我本身也對這股情緒感到困惑。因為這多半是——我有生以來，第一次對他人產生反感。

「真意外。我原本認為妳是不會憎恨任何人的女孩，是我的認識還太淺了嗎？」

「憎恨——？」

……討厭與憎恨是相連的。我並不認為事情有那麼嚴重，只是感覺到自己無法與那個人共存罷了。

我試著閉上雙眼。

式。她有太過不祥的漆黑髮絲，太過不祥的純白肌膚，太過不祥的無底眼眸。

那個人看著我，我也看著那個人。

因此，我們望見了彼此背後的景物。

那個人擁有的只有血，她渴望殺人，渴望傷害別人……她是殺人魔。

可是我不一樣，我應該和她不一樣。我一次也不曾主動想去殺人。

在封閉視野的昏眩（黑暗）中，我一再這麼強調，那個人的身影卻不肯消失。我們明明只見過一面，也沒有交談，她的形貌卻已然烙印在這對眼球裡。

「對不起，藤乃，害妳浪費了難得的假日。」

黑桐同學的聲音令我睜開眼睛。

我依照練習露出微笑。

「沒關係，我今天也有些提不起勁。」

「妳的臉色很差耶，藤乃。只是妳的皮膚本來就白，不容易看出來。」

我之所以提不起勁，其實有別的理由。但我點頭同意她的話。

……由於反應有點遲緩，我知道自己身體不適，卻沒察覺狀況已經差到會顯現在臉上的程度。

「沒辦法，就由我來拜託幹也，我們今天就先回去吧？」

黑桐同學擔心著我的身體。

謝謝，我回答道。

「可是，傳那種話給妳哥哥好嗎？」

「無所謂啦。我都不記得是第幾次這麼說了，幹也應該也習慣了。老實說，這叫做詛咒。只要毫不厭倦地重複一句話，就能扭曲現實，將發展拉向話中的結果。這種執著的詛咒真有少女的風格，愚昧又有些悲哀。」

不知道有幾分是認真的，她一本正經地說明道。

我已經習慣她像這樣天外飛來一筆，靜靜地聽著黑桐同學澄澈的悅耳嗓音述說。

……在學院中總是占據首席寶座，全國模擬考的成績也高居前十名的黑桐鮮花，有著有點古怪又充滿紳士風範的一面。

她是我在禮園女子學院的朋友之一，我和她都是從高中才轉進來的。在從小學開始採用直升制的禮園，像我們這樣高中才入學的學生很少見。我和她也因為這個緣分而結識。

我們偶爾會在假日一起出門，今天在我任性的要求下，本來要拜託她的哥哥幫我尋人。

我就讀本地的國中，一年級時，曾與一位別校學長在綜合運動會上交談過。

我最近正為了痛苦的遭遇而消沉，回憶起那位學長讓我得到一些慰藉。

我們來找出他本人吧。我向黑桐同學表明此事後，她這麼回答。據說她哥哥從前也是讀本地的國中，交友範圍廣闊得讓人驚訝。尋找與我們年紀相仿的人，似乎是他的拿手絕活。

……其實我沒有那麼想見面，卻難以拒絕興致勃勃的鮮花，就開始尋找學長。為了商量這件事，我們今天和她哥哥約好在這裡碰頭，可惜他不能過來。

……老實說，這讓我鬆了一口氣。

我為何會提不起勁，是因為我碰巧在兩天前見過了學長。

當時，我說出了三年前沒有說的話。

既然我的目的已經實現，不必找到他也沒關係。從黑桐同學的哥哥沒有赴約來看，上天也很了解我的心情。

「我們走吧，只點兩杯紅茶就坐上一小時實在不好意思。」

她明明正為了見不到哥哥而沮喪，自然起身的動作卻優雅得讓人心醉。

黑桐同學有時候非常有男子氣概。大概是那乾脆的性格與口氣的關係，她會像現在一樣收起有禮的用詞遣字，變得像男性一樣帥勁十足。

但這種態度並不是裝出來的，也是她本質的一部分。她是我最喜歡的朋友。

——所以，這一次是我們最後的會面了。

「鮮花，妳先回宿舍吧，我今晚也要在家中過夜。」

「是嗎？我是沒差，不過太常外宿的話可是會挨修女的白眼。凡事都要適可而止啊。」

黑桐同學輕輕揮揮手，也離開了。

剩下獨自一人之後，我忽然看向咖啡廳的招牌。

Ahnenerbe，在德語中的意思是遺產。

◇

與黑桐同學告別後，我漫無目標地往前走。

我說要回家是個謊話。

我已經無處可歸，自從兩天前的那一夜之後，也沒再去過學校。

父親大概已經收到了我昨天擅自曠課的消息，只要回到家，他就會逼問我究竟做了什麼。我不擅長撒謊，一定會把事情通通說出來。這樣一來——父親想必會輕蔑我。

我是母親的拖油瓶，父親需要的只有母親和家族的土地，我打從以前開始就是個附屬品。因此我拚命努力，好讓他不會更加厭惡我。

我一直好想——當個像母親一樣貞淑的女性，足以讓父親驕傲的好學生，誰也不會覺得可疑的普通女孩。

不是為了任何人，是我自己深深嚮往著這個夢想，一直受到夢想守護至今。

然而這都結束了。無論在我身邊再怎麼尋找，也找不到那樣的魔法。

我在夕陽漸漸西斜的街頭不停漫步，逍遙在錯身而過的無關人潮，以及麻木閃爍的幾座號誌之間。

人群中有些人比我年幼、有些人比我年長，大家好像都很幸福。
我的心一陣收縮。
我突然起了個念頭，捏捏臉頰。
……沒有任何感覺。
我加重力道擰著臉。
…………什麼也沒有。
我放棄地鬆開手，看到指尖沾著一抹紅色，剛才捏臉的力道似乎大到連指甲都陷進肉裡。
即使如此，我還是沒有任何感覺。
我感受不到自己活著。
「呵呵……」
我忍不住笑了出來。
我明明感覺不到疼痛，為什麼心又會覺得痛？
話說回來，心是什麼？受傷的是我的心臟？還是我的大腦？
當大腦接收到攻擊淺上藤乃這個人的言詞時，就會發揮防禦功能，受到創傷。因為受傷之後，人才會知道那是疼痛。無論是反駁、辯護或痛罵，都只不過是大腦為了減輕傷痛製造的解藥。
因此即使是不知何謂疼痛的我，也可以體會心靈受創的痛楚。

不過這是錯覺。

大概一定是錯覺。

真正的痛，絕非只靠著言語就可以抹消的東西。

心靈的傷痛立刻就會被人遺忘，因為那點小傷不足一提。

可是身體的傷只要傷口還在，就會持續疼痛下去。那是多麼強大又確切的生存證明啊。

如果心靈位於大腦，那麼只要傷害大腦就行了。

這樣一來，我也將能得到疼痛。

就像我至今為止度過的日子一樣。

如果我遭到那些同齡或是更小的少年凌辱的記憶，可以變成創傷的話。

「────」

……我又想起了他們的笑聲，想起那些可怕的表情，想起那段不斷遭到威脅、逼迫、侵犯的時間。

當壓在我身上的男人揮下刀子時，我的腹部一陣發熱，裂開的衣服被鮮血浸濕。

在自己被刀刺傷的那一刻，我變得充滿攻擊性。

解決掉他們之後，我才實際感受到那股熾熱就是疼痛。

我的心再度收縮。

不可原諒，我在內心一再重複唸著這句話，一直唸到連發音都變得破碎不堪。

「───嗚！」

我的膝蓋格格打顫，那股感覺又湧了上來。

肚子在發熱。那股不快感，如同有一隻肉眼看不見的手抓住了我的內臟。

我覺得想吐───平常不會這樣的。

我覺得頭暈───平常我總是突然失去意識。

我覺得手臂發麻───平常我都得靠眼睛來確認。

好痛。

───啊，我是活著的。

被刀刺中的傷處隱隱作痛。

唯有這道應該已經痊癒的傷口帶來的痛楚，會突發性地復甦。

很久以前，母親曾告訴過我，等傷口痊癒就不會再痛了。可是她騙了我，我身上的刀傷，即使在康復之後依然會痛。

……不過媽媽，我喜歡這股疼痛。對於沒有生命實感的我來說，再也沒有什麼事能比這份痛楚更讓我體認到自己活著的事實。

唯有這份殘留的痛覺，絕對不是錯覺。

「我得快點找到他。」
我喘著氣喃喃自語。
我必須報仇，必須殺死逃跑的少年。
雖然很討厭這麼做，但如果不下手，我是殺人凶手的事情就會傳出去。好不容易才得到疼痛的，我不要失去。我想去感受更多活著的快樂。
我拖著每走一步就隨之抽痛的身體，朝他們從前的聚集場所走去。
劇痛令我流出淚水。
然而，就連這種不便此刻都讓我愛戀。

／3

和鮮花分別之後，我先回了公寓一趟，在入夜後再度上街。
直到今天為止的遇害者共有五人。在兩天前的地下酒吧裡有四人，根據橙子的消息，昨晚在工地現場又出現一人。姑且不提前面四人，我從昨晚的遇害者身上感覺不出什麼關連性。
可是，我不認為他們之間毫不相干。
幹也說過，若只是點頭之交，那群夜裡在街上廝混的傢伙認識的人要多少有多少。昨晚出現的屍體，很可能與先前四人是朋友。

「那傢伙——」

忽然間，我想起和鮮花同桌的女人。

——死亡的氣息，宛如微血管般盤據在她全身。

還不習慣該如何對待這隻眼睛的我，沒有事先準備就看見了那玩意。

……那太異常了。真要說的話，異常的程度還在我兩儀式之上。

可是，那名少女卻很平凡。她散發出血腥味，眼神也像我一樣，無法分辨自己置身的境界。那傢伙明明是我的獵物沒錯，我卻不敢肯定。

因為，那個少女沒有理由這麼做。

她沒有理由像我這樣以殺人取樂，沒有會去享受殺人樂趣的缺陷。

我追求著殺人的樂趣。

如果聽到這件事，黑桐幹也會作何想法？

他還是會責備我，不可以殺人嗎？

「笨蛋。」

哼，我無言以對，分不清這股無奈是針對自己，還是針對幹也而發。

黑桐幹也說我還是和從前一樣。遭遇車禍而昏睡前的我，與現在的我似乎並無差異。

那麼，過去的我也會像這樣在夜間上街徘徊嗎？就像個尋找對手互相廝殺的異常者。

「————」

不，不對。

式沒有這種嗜好。有是有，但優先順位應該不會太高。那麼這是織的感性，屬於陰性、女性的兩儀式內在那個陽性、男性的兩儀織。

……這個事實，也讓我困惑起來。

過去的我心中有他，現在卻沒有。他不在這裡，大概表示他死了吧？

那麼——這股渴求殺人的意志，必定出自於現在的我。

正如橙子說過的，這次的事件很適合我。面對可以無條件殺人的狀況，我顯然十分歡喜。

——時間即將指向午夜十二點。

我搭著地下鐵，來到陌生的車站。

從這座宛如不夜城般喧囂的城市望去，遠方可以看見巨大的港口。

◇

和黑桐同學告別後，我改變了目的地。

我不知道逃掉的那個人身在何處，不過我有方法調查。

與淺上藤乃直接發生過關係的有已經解決掉的四人，以及逃掉的最後一個人，但我經常被帶往他們的遊樂地點。

只要去那裡詢問他們的朋友，應該就能找出逃跑的人藏在何處。因為他們無法回到雙親身邊，也無法依靠學校或警方，唯一可以拜託的只有身為同類的夥伴。
我抱住發熱的肚子，走在陌生的夜間街道上。
雖然不願孤身走進那種下流的夜遊場所，對於正受到疼痛與受辱記憶折磨的我來說，這只不過是微枝末節。
我在第三間店碰見了湊啟太的朋友。
他在一間由整棟大樓改裝的ＫＴＶ當店員，在看到我時露出可憎的笑容，答應要陪我談談。
我們找個可以好好聊天的地方吧。他蹺班離開店裡，這麼提議後邁步前進。
根據長期的經驗，我知道他要帶我到他們常去的據點。這些人可以準確地嗅出弱小獵物的氣息，只有表面上的笑容特別大方的他，看穿我是個容易玷汙的對象。
……他一定聽說過我是湊啟太那夥人的玩物。正因為如此，他才會輕易地帶我出去。
我明明非常清楚，卻無法拒絕他的邀約。比我年長幾歲的他不斷往前走，路上的行人越來越少。
我按住變得更加疼痛的腹部，做好覺悟。
——時間即將指向午夜十二點。
我詛咒著一再遭受的凌辱，追蹤著他。
從這座宛如不夜城般喧囂的城市望去，遠方可以看見巨大的港口。

◇

青年覺得自己的運氣很好。

他曾聽啟太親口吹噓，他們那夥人輪暴過某個女校的學生。每星期把她叫出來任意玩弄之後再向別人炫耀，是啟太的習慣。

在青年眼中，這件事可說是完全事不關己。

他和啟太那夥人沒多少牽連，彼此的地盤也相隔甚遠。因此他把話一半當成是啟太在自吹自擂，連作夢也沒想到那女生居然會落到自己手上。

有肥羊主動送上門，豈能不吃？於是他放下工作，帶著她出來。

其實青年並不缺上床的對象，找四、五個人一起玩女人，對他們來說不是什麼稀奇事。

他會心頭大喜，也不連絡同伴是出於別的理由。簡單的說，因為對方是淺上建設的千金。只要強暴她，威脅她要把事情經過公諸於世，要勒索多少錢大概都不成問題。

或許是帶頭的老大腦袋不好，啟太那夥人在這方面都很遲鈍。不——他可能是因為腦袋夠好，才不需要錢。

算了，這些事都無關緊要。

總之，青年感到興奮不已。

還是單獨作案能拿到的錢會比較多。由於這種膚淺的想法，他沒有連絡同夥。

前來尋找湊啟太的少女——淺上藤乃默默地跟在後面。
如果帶她到同夥的據點可就不妙了。青年選擇了前往人煙稀少，位於港口的倉庫區。
夜色已深，時間即將來到午夜零時。
倉庫區不見人影，路燈也不多，只要走進兩座倉庫之間的空地，誰也不會來找麻煩。值得在意的只有海浪聲，以及遠方海面上還在施工的寬廣大橋。
將淺上藤乃帶進那片黑暗之後，青年終於轉頭看著她。
「到這一帶就可以了，妳有什麼事想問我？」
總之，他決定先處理一開始的目的——回答藤乃的問題，展現出他認為突然出手不夠聰明的個人美學。
「——是的，你曉得啟太在哪裡嗎？」
淺上低著頭，一手按住小腹。
她的面容被剪得整整齊齊的瀏海蓋住，看不見臉上的表情。
「不，我最近都沒看到啟太。那傢伙連個自己的住處都沒有，到處借住別人的公寓。他也沒有手機，連絡不上他。」
「不——連絡得到。」
「啊？」
少女依然低著頭說道。
明明不知道他在哪裡，卻可以連絡得上？

這女的該不會是被強暴過頭，腦子燒壞了吧？他在內心嘀咕。這樣的話，等一下動手時會輕鬆一點，不過他原本預計要動用暴力，的確有些洩氣。

算了，青年重新打起精神。

「喔，連絡得到啊。那妳直接問他人在哪裡不就好了？」

「因為——啟太不肯告訴我他的藏身地點，我才想找他的朋友問問。無論你知不知道都沒關係，請回答我。」

「喂喂喂，等一下，什麼叫藏身地點？那傢伙捅了什麼漏子嗎？」

少女的言行舉止越來越怪異，令他心生煩躁。

啟太會躲起來，代表他們強暴藤乃的事情曝光了嗎？不，如果是的話，這名少女不可能會親自過來。青年思考著，卻找不出答案。因為很不幸的，他並沒有看到新聞。

「不想這些了。妳剛才說無論知不知道都沒關係，是什麼意思？難不成，妳打從一開始有那個意思了？說啥要見啟太只是個藉口，妳是來找新男人的？」

青年收起表面的笑容，發自內心感到愉快地笑了起來。

他的運氣實在很好。看樣子不必開口威脅，就能弄到錢了。而且——淺上藤乃還是他們無法輕易弄到手的大美女。搖錢樹和高不可攀的上等貨同時到手，這不叫賺到，什麼才叫賺到？

「不好意思啊，如果知道是這麼回事，我就直接帶妳回我家了。不不，還是大小姐比較偏好在這種地方做？」

一身黑色制服的少女點點頭。

「在這之前請先回答我，你曉得啟太在哪裡嗎？」

「傻瓜，妳也不必再找藉口了吧。我怎麼可能知道那傢伙在什麼地方。」

是嗎，少女抬起頭。

她注視著青年的眼眸並不尋常。在那雙亮起螺旋的眼睛裡，沒有感情。

──她並不正常。

「……？」

青年並未發覺她的瘋狂，身陷於奇怪的狀況中。

他的手腕自顧自地動了，關節扭曲起來。他的手肘扭曲成接近九十度的角度，再往前一轉──關節終於粉碎。

「咦咦──────!?」

他發出錯愕的慘叫。

青年的命運就此走到盡頭。

他的運氣確實很好。就算是霉運或厄運，同樣也是運氣的一種。

於是，在就連月光也照射不到的漆黑小巷內，慘劇揭開序幕。

……

「、、、、、!」

他的呻吟聲變得只像是野獸的嘶吼。

青年的雙臂早已經不再能稱之為手臂，簡直扭曲得像個九連環，或是一條用來發射紙飛機的橡皮筋——不管是哪一種，那雙手都再也無法發揮作為人體一部分的功能。

「救、救、救命啊……!」

青年試圖逃離僅僅站在他眼前不動的少女。

他的身軀立刻微微浮起，右腳從膝蓋以下扭斷。

嘩啦!鮮血宛如從水桶潑向地板一般迸散開來。飛濺在倉庫水泥地上的血痕，看來就像某種藝術作品。

淺上藤乃始終以燦然的眼眸注視著這一幕。

「扭、扭曲了、、、哈哈，是螺絲釘，我的腳變成螺絲釘了，嘻嘻，啊哈哈哈哈哈……!」

他所說的話讓人聽不太懂。

他的腦筋大概不太好吧，藤乃決定不理會。

「……彎曲(凶)吧。」——她發出呢喃。(註3)

3　原文為凶れ(まがれ)，這裡作者用了同音意義字。後面翻譯有此句臺詞皆用彎曲表示。

她不知道第幾次吐出同樣的發音。

朋友告訴過她，言語只要反覆複誦就會化為詛咒。

青年匍匐在地上，只剩脖子還能轉動。

他的雙手扭曲，右腳已經不見了。

自他腿上流出的鮮血淋濕地面。

藤乃踏上那塊紅色的地毯，鞋子沒入血泊之中。

夏季的夜晚很熱，黏稠大氣緊貼著肌膚的觸感讓人難受，現場瀰漫的血腥味也一樣。

「————啊……」

藤乃低頭望著像條毛毛蟲般蠕動的青年，如此嘆息。

我竟然做出了這種事，她自我厭惡地想。

不過，我打從一開始就打算動手了。從這個人的一舉一動，就可以看出他不知道地下酒吧發生的命案，但他遲早將聽說此事。到時候，他多半會覺得在尋找湊啟太的我很可疑。

不過，這也是無可奈何的，而且他原本就有意對我施暴。

雖然是間接的，這也是淺上藤乃報仇的一環，只不過是她對侵犯自己的歹徒展開的反擊。只是他們侵犯別人的能力，與藤乃侵犯別人的能力差距太大罷了。

「對不起————但我非這麼做不可。」

她扭斷了青年剩下的左腳。

於是，他原本殘存的意識也猝然中斷。

藤乃垂下頭注視著青年微微顫動的肉體。

現在的她可以明白他的心情。

她至今一直不明白，怎樣都無法理解別人覺得痛時的反應。但現在的她已經曉得何謂疼痛，對青年的痛苦產生了強烈的共鳴。

這讓她很高興。因為活下去，就等於痛苦下去。

「這麼一來我才能——像個普通人。」

自身的痛楚。

他人的痛楚。

將他追殺到這種地步的人是我，給予他那些傷害的人是我。

這代表著淺上藤乃比較優秀。

這就是活著。

「啊啊——」

她是不傷害他人就無法得到活著的喜悅，醜惡無比的畸形生物。

「——媽媽，我不做出這等慘事就無法生存嗎？」

心頭湧上的煩躁讓人難以忍受。

她的心跳快如擂鼓。

彷彿有一條蜈蚣沿著背脊往上爬——

「其實我根本就不想殺人。」

「也不見得吧。」

聽到突然傳來的說話聲，藤乃回過頭。

「妳是——」

一名和服少女，佇立在這條夾在倉庫之間的巷弄入口處。

以反射出幽暗月光的港口為背景，兩儀式就站在那裡——

◇

「式——小姐？」

「淺上藤乃……原來如此，妳有淺神的血統是吧。」

隨著沙沙的腳步聲，式只往前踏了一步。

小巷內充斥的血腥味，使得她瞇起眼睛。

「妳是什麼時候——」

說到這裡，藤乃閉上嘴巴。這種事根本不用問也知道。

「從妳約了那塊肉片出來開始，我一直看到現在。」

她冷冷的聲音，聽得藤乃背脊發寒。

式看到了事情的來龍去脈。她明明在看，卻選擇現身。明明在看，卻沒有阻止藤乃。

她明明知道會出現這種結果，卻一直作壁上觀……

——這個人很異常。

「請妳不要叫他肉片。他是人類，這是人類的屍體。」

藤乃口是心非地這麼反駁。

因為式這種稱呼青年為肉片，不把他當人看待的貶低言詞實在太過分了。

「沒錯，人類即使化為屍體也還是人類，不會因為失去靈魂就變成肉片。但這團肉片的死亡不屬於人類的範疇吧，人類可不會是那種死法。」

沙沙，她又往前踏出一步。

「若無法死得像個人，就沒資格被稱為人。就算保留了頭部或身上沒有傷口，死在妳手上的傢伙，死狀都無法用常理來判斷吧。被排除在境界之外的人，也會被徹底剝奪其存在意義。所以，那只不過是一堆肉塊罷了。」

非常突兀地——藤乃對這個人產生了反感。

式說這名青年的屍體，以及製造出屍體的自己都屬於常識範圍之外。就像看著這場慘劇，眉頭連動也不動一下的兩儀式一樣。

「……才不是，我是正常人，和妳才不一樣！」

藤乃毫無根據、毫無理由地大喊。

式覺得很有意思的露出微笑。

「我們可相似了，淺上。」

「——別開玩笑了。」

藤乃凝視著式的眼眸燦然生輝，映入她瞳中的影像開始扭曲……她要發動從小就擁有的「力量」。

然而，那股力量卻突然轉弱。

「——!?」

式和藤乃雙方都吃了一驚。

淺上藤乃驚訝於自己無法使用「力量」；兩儀式驚訝於淺上藤乃的急驟變化。

「又來了啊——妳到底是哪根筋不對？」

式煩躁地搔搔頭，就好像在說「都被妳搞砸了」。

「如果是剛才的妳，我就可以動手，在咖啡廳時也是這樣……算了，真掃興。誰想理會現在的妳啊。」

式掉頭就走，腳步聲漸漸地遠離藤乃。

「乖乖回家去吧，這樣我們就不會再見面了。」

她的身影也漸漸遠去。

藤乃茫然地呆立在血泊之中。

——她變回了從前的自己。

又變得沒有任何感覺。

藤乃再次低頭望向青年的屍體，也感受不到方才的感覺，唯有罪惡感震得大腦發麻。

其他剩下的，只有式拋下的那番話，只有那句「我們一樣是殺人魔」的指控。

「才不是——我和妳才不一樣。」

藤乃泫然欲泣地呢喃。

事實上，她很討厭殺人。

為了找出湊啟太，往後我還必須重複相同的事嗎？一想到這裡，她就渾身發抖。

像殺人這種行徑，不可能得到寬恕的。

這是她毫無虛假的真心話。

……在血窪的倒影中，她的嘴角浮現淺笑。

／3

七月二十三日早上，我終於找到了湊啟太的所在地。

我根據從他朋友那邊問出的情報、他的行動範圍，以及湊啟太的為人來作推測，花費整整一天的時間鎖定他的藏身處。

湊啟太違法入侵一棟遠離市中心的住宅區公寓，住在六樓的空屋裡。

我按下公寓的門鈴，在注意音量之餘揚聲呼喚。

「湊啟太，你的學長委託我來找你。打擾了。」

玄關大門沒有上鎖。

我靜靜地走了進去，屋裡連電燈也沒開，雖然正值早晨卻顯得一片昏暗。

我穿越木板走廊來到客廳，站在空無一物的客廳內眺望廚房與臥室。因為這裡本來就無人居住，屋內看不見任何家具。在空蕩蕩的房間裡，只有夏季晨光是明亮的。

「你在裡面對吧？我要進來了。」

我打開通往裡面的門，因為木板窗全部關死，門後一片漆黑。朝陽透過敞開的房門射入室內，或許是對光線產生了反應，黑暗深處傳來細微的抽氣聲。

室內果然空無一物。這個沒有家具的房間就跟箱子沒兩樣，也找不到任何生活痕跡。這間密室裡，只有一個年約十六歲的少年、吃得到處都是的食物空盒以及一支手機。

「你是湊啟太對吧。關在這種地方，對身體可不太好。而且，因為是空屋就擅自占用別人的房子也是不對的，會被當成闖空門的竊賊。」

我一走進去，啟太那小子就嚇得退到牆邊……他的臉色非常憔悴。距離發生命案那一夜才剛過了三天，他卻已然雙頰凹陷、眼球泛起血絲。

啟太顯然一直失眠至今。我聽說過他有嗑藥，但現在的問題不在毒品上。不需要藥物的力量，他就已經瀕臨崩潰，原因大概是目睹了悽慘到讓人不願承認的慘劇。

他把自己關在這片人工的黑暗裡，勉強保住自我。這是種極端的自衛方式，但只支撐三天的話，效果或許不錯。

「——你是誰？」

他小聲地問，聲音中還殘留著一絲理性。

我停下腳步。啟太正因為直接涉及獵奇凶殺案而精神混亂，看到凶手又使他陷入恐慌，要是隨便靠近，難以預料他會有什麼反應。他恐怕只會疑心生暗鬼，認定我是凶手的同夥。

如果可以與他交談，事情就另當別論。只要開始說話，理智也會跟著復甦。比起走上前安撫他，我判斷停下腳步展開對話的效果會更好。

「你是誰？」

啟太又問了一次，我舉起雙手。

「我是學人的朋友，也算是你的學長。我叫黑桐幹也，你還記得我嗎？」

「黑桐——學長？」

對他而言，我的出現應該超乎意料之外。啟太愣住了一會，開始哭泣。

「學長、學長你怎麼會來找我？」

「我是受學人之託來保護你的。聽說你被捲入一件麻煩裡，學人和我都很擔心你。」

我可以過去嗎？聽到我這麼問，啟太那小子大力搖頭。

「我不要離開這裡。一旦出去，就會被殺。」

「就算待在這裡，你也一樣會死。」

啟太那小子雙眼圓睜。我迎向他那雙帶著露骨敵意、布滿血絲的眼睛，掏出香菸……其實我不抽菸，只是裝出冷靜的樣子來安撫對手。

「我已聽說過案件大致的經過，啟太，你知道凶手是誰對吧？」

我簡潔地問，他卻沉默不語。

「接下來，我想自言自語一會。

二十日晚上，你們聚集在平常的聚會場所『海市蜃樓』酒吧裡。那天晚上下著雨，當時我也正好去參加聚餐，不過這並不重要。自從學人拜託我找出你之後，我打聽到不少消息，也猜得出你們在案發當晚做了什麼。警察好像還不知情，畢竟你的朋友們不太跟警方合作。」

真讓人頭疼，我聳聳肩。

啟太那小子顯露出與剛才不同種類的畏懼。他不是在怕接下來將會發生的事，而是害怕自己過去的所作所為會遭到揭發。

「案發當晚，現場除了你們五人之外還有一個人，就是受到你們恐嚇的女高中生。我不知道她的名字，但有人曾目睹她走進地下酒吧。即使發生了凶殺案，那名女高中生既沒有向警方投案，也沒人找到她。不過，現場也沒有除了四名遇害者以外的遺體。你知道那個女孩的下落嗎？」

「我不知道——我才不認識那種傢伙。」

「那麼，殺害四人的凶手就是你。我會通報警方的。」

「那不是我幹的……！像那種、那種怪事……我怎麼可能辦得到……！」

「嗯，我也有同感。也就是說，那女孩真的在場囉？」

啟太在沉默半晌之後點點頭。

「就算凶手是她，我也有不解之處。那場凶殺案不是光憑一個女孩子就能犯下的，是你們強迫她嗑了藥嗎？」

少年連連搖頭。

他的意思並非在說女孩不是凶手，而是他們當時的行動和平常一樣。

「五個男人聯手居然會輸給一個女孩子，這不可能。」

「可是事實就是這樣……！打從一開始我就覺得不對勁，那傢伙果然不正常！她是怪物！她根本就是個怪物！」

大概是在說出口時回想起「那一刻」的畫面，顫抖的少年牙關格格打顫，用雙手抱著腦袋。

「她明明只是站在那裡，大家的身體就不斷扭曲，發出喀嚓喀嚓骨頭被扭斷的聲音，我搞不懂究竟發生了什麼事。等到兩個人被殺死之後，我才發覺，藤乃果然不正常，繼續留在這裡就會被她殺掉——！」

啟太那小子自言自語的內容確實很反常。

據說少女——那個名叫藤乃的女孩只是眼睛一瞪，少年們的手腳就自己扭斷了。我不明白啟太為何會這麼認為，但曾經置身現場的他應該親身感受過，屠殺的一方與犧牲的一方有何差異。

話說回來——只用目光就可以扭曲物體？

我心想這又不是彎曲湯匙的表演，不過也同意有這種可能性。我認識式這個擁有特殊眼睛的少女，又認識身為魔術師的橙子小姐，事到如今還能去否定什麼？

這一點就暫時保留吧，現在有另一個字眼更令我介意。

「我明白了，我相信是名叫藤乃的女孩下的手。」

「——咦？」

啟太那小子一臉驚訝地抬起頭。

「可是，那不是真的。誰也不會相信這種怪事吧——？求求你，告訴我那不是真的……！」

「就當成她耍了什麼花招，或是對你施了催眠術吧。總之，不可以想太多。對於想不通的事，不需要強迫自己接受比較好。倒是你為什麼會說，從一開始就覺得她不對勁？」

我這番敷衍的詭辯聽得啟太那小子面露茫然，原本的緊張感也漸漸轉弱。

「啊……不對勁……就是說，她真的很詭異。像是在演戲一樣，無論我們對她做什麼，反應都很遲鈍。就算老大威脅她，她的表情也沒有任何變化，餵她吃藥也沒有任何變化，被揍也不當一回事。」

「……喔，這樣嗎。」

我知道他們曾對名叫藤乃的少女施暴，但聽到啟太這樣面不改色地說出來，真讓我啞口無言。

為了報仇，被凌辱長達半年的少女殺了他們。這樣做是不是正義？或者正義與社會從來就難以並存？我現在實在沒心情思考這些問題。

「所以雖然她外表超正，玩起來卻不怎麼有趣，就像是在跟人偶搞一樣。不過……對了，那個時候卻不同。是最近的事，同伴裡有個危險的傢伙，覺得再怎麼揍都面無表情的藤乃很好玩，結果就拿金屬球棒朝她的背打去。她整個人被打飛了出去，感覺好像很痛，臉都扭曲了。但卻反而讓我鬆了一口氣，原來這傢伙也有痛覺。因為那個晚上的她比較像是個人，感覺很不錯，我才會特別記得。」

「……你給我暫時閉嘴。」

啟太那小子閉上嘴巴。如果再聽下去，我沒有自信能克制自己。

「大致上的情況我都明白了。警察裡有我認識的人，就請警方提供庇護吧，這是第二安全的方法。」

我走向癱坐在地上的少年，想拉他起身，但啟太滿懷戒心地大喊不要。

「不行，我才不要去找警察。而且——如果到外面去，我就會被殺。與、與其像那樣子被扭成好幾截，我寧可一直躲在這裡！」

「到外面去就會被殺……？」

這句臺詞中，有某種微妙的齟齬感。我與少年之間還有一個決定性的差異。

如果他說的是「到外面去就會被發現」，我還能夠理解。

但啟太卻突然跳出「我就會被殺」這個結論，感覺很不對勁。簡直就像——他正受到監視一樣？

想到此處，我終於察覺放在他身旁的手機扮演了什麼角色。

「……淺上藤乃會打電話給你？」

聽到這一句話，啟太那小子再度陷入恐慌狀態。

「她已經發現這個地點了？」

我不知道，少年顫抖著回答。

「我逃跑的時候，帶著老大的手機。在殺死大家之後，她打電話給我。她說她會來找我，一定會找出我在哪裡。所以我非得躲起來不可！」

「你為什麼還帶著那支手機？」

我明知故問。

「她說如果我敢扔掉手機，就要殺了我……！叫我如果不想死就帶在身上，只要我還帶著手機，她就放過我！」

……竟有這種事，淺上藤乃的怨恨實在太深了。

「可是，那傢伙卻每晚都打電話過來……她根本不正常。她說她前天找上昭野，昨天去見了康平，因為他們不知道我的藏身地點，就殺了他們。還很溫柔地告訴我，真是太好了……！還說朋友是很重要的，要我過去見她，我怎麼可能辦得到！」

……這是多麼恐怖的安排。

啟太每晚接到的電話，是企圖殺害自己的對象所作的報告。

我今天沒有找到你。

相對的，你有一個朋友死掉了。

如果你不想害朋友送命，就過來見我。

你可以不來，但我會不斷殺人，直到總有一天輪到你為止——

「怎麼辦，我不想死，不想用那種死法死掉。他們可是痛到哭了出來，拚命哀嚎！大家張嘴吐出鮮血，脖子——脖子活像抹布一樣扭成一團！」

「扔掉那支手機，否則犧牲者還會增加。」

「你沒聽懂嗎?她不是說過如果我敢扔掉手機，就要殺了我……！」

為了這個緣故，兩個毫無關係的人死於非命。

為了這個緣故，淺上藤乃毫無意義的殺了兩個人。

「照這樣下去，你無論如何都會被殺的。」

少年癱坐在地上，抱住膝蓋縮成一團。我將原本在抽的菸按在地板上揉熄後走過去，強行拉起他的手臂。

「學長，你饒了我吧。我已經沒路可走，請你別管我了…………不要，不對，其實我很害怕。我不想再孤伶伶地待在這裡，求求你救救我……！」

嗯，我點點頭。

「我會救你的。我不會把你交給警察，這就帶你去在我所知的範圍內最安全的地方。」

唯有橙子小姐的地盤，才是唯一能夠庇護這名少年的地方。無論對誰來說，這都是最好的方法吧。

4

我向橙子小姐說明情況後，她同意保護啟太那小子。

她先讓從命案當天起就一直失眠至今的少年睡在寢室的沙發上，然後回到我和式所在的事務所。

橙子小姐坐在自己的椅子上，式則靠牆而立。

「你這個濫好人。」等到啟太入睡，狀況總算恢復平靜時，兩人異口同聲地罵道。

「嗯，我也覺得差不多要被妳們像這樣瞧不起了。」

「既然你有自覺，就不要扯上這些麻煩，黑桐你本來就很容易被那一類人纏上了。」

「我也沒辦法啊，情況特殊嘛。」

當我這麼回答，橙子小姐陷入沉思。

她雖然出言挖苦，卻同意為少年提供庇護。

另一方面，靠在牆邊的式持反對意見。從她默默瞪我的反應來看，似乎正怒上心頭。

「情況特殊是嗎?這個案例確實很特殊，但你接下來有什麼打算?難道你想找出淺上藤乃說服她?」

「——說得也是。我們無法一直為啟太提供庇護，淺上藤乃在這段期間裡說不定也會繼續殺人。我想只能親自去跟對方談談了。」

「你這個笨蛋，所以才說你是濫好人。」

式毫不客氣地說。她平常也不知道客氣為何物，但今天的攻擊性特別強。她是真的發了火。

「跟那傢伙根本無法溝通，她已經沒救了，不達目的絕不罷休。不，就算目的達成，也不曉得是否會就此收手。」

「式，怎麼說得妳好像認識淺上藤乃一樣。」

「我的確認識她，也見過面。昨天鮮花在等你的時候，她也在一旁。」

「咦?」

為什麼鮮花會和淺上藤乃在一起?事情完全搭不……倒也不是搭不上邊。我只聽說過她是個受到不良少年威脅的女高中生，但淺上藤乃如果是禮園女子學院的學生，自然另當別論。

「你很遲鈍耶，黑桐。你沒有調查過淺上藤乃嗎?」

「幫幫忙好嗎，我可是在兩小時前才剛剛聽說她的名字。我的目的是確保湊啟太的安全，沒有餘力顧及這些。」

……不過，我有某種不好的預感。

我並非在擔心鮮花被捲入事件或是變成犧牲者，而是更加不同的……這種焦躁感，就像有件自己努力不去思考的要緊事，正被強行拉出來。

「……可是，她現在還有去上學嗎？」

「不，案發當晚之後她沒回宿舍也沒回家，學校則一直請假，徹底行蹤不明。聽說鮮花也從昨天起就沒見到她。」

「橙子小姐，妳是什麼時候調查出這些事的？」

「就在不久之前啊，她的雙親委託我尋找她。昨晚，式告訴我鮮花和淺上藤乃在一起，因此我連絡過鮮花，但她好像並未發現朋友的異狀。」

——多麼諷刺。如果我和鮮花相約的日子再晚一天，不，如果我早一點找到湊啟太，昨夜或許就不會有人遇害。

「所以對本公司來說，保護湊啟太也不算是白費力氣。如果一直找不到淺上藤乃，就拿他當誘餌來用吧。接下來的做法會有點粗暴，你就跟啟太那小子一起待在這裡。」

聽著那缺乏高低起伏的聲調，我終於領悟到一件事。

那就是式為何一直待在此處的理由。

「什麼粗暴的——妳打算怎麼處置淺上藤乃？」

「視情況而定，或許無法避免跟她一戰。畢竟這是委託人的意願，他希望女兒是殺人魔的消息不要被媒體報導出來，要我們至少在事情公開之前先殺了她。」

「怎麼這樣，她又不是平白無故胡亂殺人吧……！我覺得還是可以用談的。」

「那是不可能的。黑桐，你漏掉了一個重大的事實，你不知道淺上藤乃決定殺光那群小混混的關鍵。剛才在湊啟太入睡前，我已經讓他從實招來了。聽說他們的老大在最後那晚曾用刀子攻擊淺上藤乃，那時候她似乎被刺傷，而那就是她想報仇的導火線。」

……刀子。她不僅慘遭凌辱，甚至還被人持刀威脅過嗎？可是——這件事為何會構成她已經沒救的理由？

「接下來才是問題所在。她的腹部遭刀子刺傷是在二十日的晚上，式在兩天後見到她。淺上藤乃當時身上並沒有傷，傷口似乎已經痊癒了。」

「腹部有刀傷……」

等等，再想下去可是情況不妙。儘管理性試圖踩下煞車，我卻無法克制自己。

二十日晚上，禮園女子學院的學生，腹部有刀傷。

「根據啟太那小子的說法，藤乃在電話裡反覆地說著傷口很痛，讓她無法遺忘。應該已經痊癒的傷口卻會痛，我猜是每當她過去遭凌辱的記憶掠過腦海時，腹部被刺傷的痛楚也會跟著復甦。禁忌的記憶，喚醒了禁忌的傷口。她感受到的疼痛大概是錯覺，對她而言卻是真實的，與疾病的發作沒有兩樣。每當淺上藤乃回想起不存在的疼痛，就會突發性的動手殺人。有誰能保證她不會談到一半，就突然想要殺人？」

可是反過來說，在傷口不痛的時候不就可以和她溝通了嗎？

我還來不及說話，原本保持沉默的式就搶先開了口。

「妳錯了，橙子。那傢伙是真的在痛，淺上藤乃的疼痛還殘留在她體內。」

「不可能。式，妳說她的傷口已經痊癒了，那是誤診嗎？」

「她的刀傷確實痊癒了，體內也沒有殘留金屬片。那傢伙的疼痛其實會時而消失、時而出現，感到疼痛的淺上藤乃已經沒救了，但普通的她反倒很無趣。我不是告訴過妳，我覺得她不值得殺才會回來嗎？」

「……如果傷口裡殘留著金屬片，她在一天之內就會死亡。喔，早已痊癒卻仍會疼痛的傷啊？」

橙子小姐拿出香菸，彷彿在說真不可解。

聽到式的臺詞，我也只能疑惑地歪著頭。

她腹部的刀傷直到痊癒為止都會痛，這很尋常。可是在痊癒之後還會突發性復甦的疼痛，到底是什麼？這豈不就像只有痛覺殘留了下來？

「啊！」

我突然想到一個可能。

雖然這推測無法解決淺上藤乃的不明症狀，但我透過「症狀」這個字眼，聯想到她詭異的表現所代表的意義。

「黑桐，你在練習什麼五十音健身法嗎？」

……就算有這種健身法存在，應該也沒人想練。

「不是的，我是想起來，聽說淺上藤乃很詭異。」

嗯?橙子小姐挑起一邊眉毛。對了，我只提過案件的大致經過，還沒說明到這個部分。

「湊啟太曾在話中談到，淺上藤乃無論被怎樣凌虐，據說都沒有任何反應。我本來以為她是個很堅強的女孩，但事情並非如此，她沒有那麼強悍。」

「——怎麼說得你好像認識淺上藤乃一樣，幹也。」

式不知為何拋來銳利的目光。

我的本能命令我，必須裝作沒聽見式剛才的話……否則恐怕會招來引火燒身的結果。

「或許那是……雖然我也不太清楚，她會不會是得了所謂的無痛症?」

正如字面上的意思，無痛症指的是感覺不到疼痛的特殊症狀。

這是一種患者很少的罕見疾病，如果真是那樣，她會出現難以解釋的痛覺也不是不可能吧?

「……是嗎，這推測是能解釋一些疑點……但應該有什麼原因才對。如果她罹患無痛症，就算腹部被刀子刺傷，也應該從一開始就不會感到疼痛。我們必須確認淺上藤乃是否天生就罹患無痛症，在弄清她的感覺麻痺是否為解離症之前，根本無法討論。

假設她得了無痛症，有發生過什麼讓她產生如此變化的原因嗎?像是背部遭到劇烈撞擊，或是脖子被注射大量的皮質類固醇之類的。」

背部遭到劇烈撞擊——是那一次嗎?

「我不曉得力道如何，但聽說她的背部曾遭球棒重擊。」

聽到我壓抑著感情開口，橙子小姐笑了出來。

「原來是這樣啊，那些傢伙肯定對著她猛力一擊，大概打斷了她的脊椎。在骨折之後，淺上藤乃依然不明白那種感覺為何物，繼續遭到他們輪暴……真是的，這就是她第一次感受到的疼痛嗎？她明明連那股焦躁是什麼都不知道。

了不起啊，黑桐，真虧你還肯答應為湊啟太提供庇護。」

橙子小姐揚起嘴角說道。她有個壞習慣，不論對象是誰，碰到心血來潮的時候就會用言語把人逼到死角。她好像很喜歡以理性折磨別人，而受害者大都是我。

平常的我會展開反擊，今天卻無法回話……我沒有自信回答，只能低下頭拒絕回應。

「……橙子小姐，脊椎和無痛症有關係嗎？」

「有啊。脊髓是掌管感覺的部位吧？當痛覺產生異常時，大都是脊髓出現了某些異狀。黑桐，你聽過脊髓空洞症嗎？」

……我又不是醫學院的學生，不可能知道這種專門的病名。這樣嗎？看到我默默地搖頭，橙子小姐一臉遺憾地垂下肩膀。

「空洞症是感覺麻痺的代表性疾病。

聽好了，黑桐，感覺可分為兩種。

分別感觸、疼痛與溫度感等等能夠體驗到的表層感覺；

以及向自身報告肉體的動作、位置感的深層感覺。

一般而言，發生感覺麻痺時兩者會同時麻痺。你可知道完全沒有感覺是怎麼一回事？」

「在字面上我可以理解。即使觸摸東西也沒有觸感，吃東西也沒有味道，是這樣對嗎？」

沒錯，橙子小姐點點頭，看起來很愉快。

「這是擁有感覺的人當然的意見。因為缺乏感覺的人一樣擁有身體，也能夠移動自如，我們就認為他們除了沒有感覺之外沒什麼不同。但這是錯誤的。沒有感覺，就代表什麼也接收不到喔，黑桐。」

什麼也接收不到——？

不可能。他們可以拿起物品，也能夠說話。所謂的無痛症，不就只是缺乏觸摸事物的真實感而已嗎？為何會什麼也接收不到？那些患者又不是沒有身體，比起為了失去部分肢體而痛苦的人，無痛症應該沒這麼嚴重才對。

「——啊……」

想到這裡，我察覺一件事。

……沒有身體。

即使觸摸東西，也無法實地產生觸覺。他們僅能藉由眼睛觀看，認知到自己正在觸摸的事實。那就和閱讀書本是一樣的，和幻想的故事有何不同？

即使走路，對他們而言也僅是身體在移動。感覺不到地面的反作用力，只能認知到腳在移動。不，就連這樣的認知，大概也薄弱到要親眼看見才好不容易得以相信的程度。

沒有感覺，就等於沒有身體。存在宛如幽靈。

對無痛症患者而言，一切的現實只能旁觀。管它碰觸得到還是碰不到，不是通通一樣嗎……！

「——這就是無痛症嗎？」

「沒錯。假設由於背部遭到重擊，暫時治好了淺上藤乃的無痛症。這樣一來，她就會曉得什麼是痛覺。那種從前不曾體驗過的感覺，就成了引發她殺人的衝動之一。」

知曉何謂疼痛的少女，會對痛楚抱持敵意嗎？

不可能會有的。

……當宛如幽靈的少女體驗到疼痛的那一刻，不知有多麼欣喜。儘管她甚至連欣喜這種感情都不知道。

「……她是因為無痛症暫時痊癒，隨著疼痛認識到憎恨這種感情嗎？正確地說，是傷口的疼痛令她回想起過去遭受的凌辱，展開報仇。我認為這應該是淺上藤乃犯案的動機，卻覺得有些難以釋懷。首先，照式的說法，她的無痛症應該又恢復了對吧？那麼報仇不也就失去意義了嗎？一旦傷口痊癒，她就不會再感覺到痛了。」

「不是的。橙子小姐，沒有感覺也代表沒有性方面的感受吧？即使被強暴，她也不會覺得痛。在淺上藤乃眼中，這一切僅僅是自己受辱的事實。正因為如此，她的心靈才代替不會疼痛的肉體不斷受創。她的傷口會不會不在身上，而在心上？所以她的痛覺才會隨著記憶一起復甦，因為心在痛。」

橙子小姐沒有回答，換成式笑了出來。

「怎麼可能有這種事？人類並沒有心，不存在的東西怎會疼痛？」

……被她這樣一說，我也沒什麼根據可作反駁。

像心這種詩意又傷感的東西，我也不知道是否存在。

不。我正把話吞回肚子裡，橙子小姐卻出乎意料地低語。

「不過，心很易碎。認為心沒有形體就不會受傷的說法值得商榷，事實上，有些人就是因為精神問題而死的。無論那是怎樣的錯覺妄想，只要有這種現實存在，無法測量的現象就會被形容為『疼痛』。」

以橙子小姐的水準而言，這段反對意見說得曖昧不明。不過對現在的我來說，她卻是可靠的盟友。

式不高興地抱起雙臂。

「怎麼，就連妳也要和幹也一樣幫淺上藤乃說話嗎？她才不是那麼可愛的傢伙。」

「關於這一點，我同意式的意見。淺上藤乃才沒抱著那種感傷。因為心痛決定報仇？怎麼可能。黑桐，有無痛症的人甚至連心也不會痛啊。」

我的盟友，一瞬間變成了最大的敵人。

「你聽好，所謂的人格在醫學上的描述是『個人對外部的刺激產生反應，並加以應對的現象』。

人的精神……像是溫柔與怨恨，無法只靠自己的內在產生。如果沒有來自外部的刺激，心就不肯運作。疼痛就是為了接收刺激而存在的。不會痛，也代表著冷漠。先天性的無痛症患者人格貧乏，不，是難以成形。人格形成在成長過程中受到阻礙的人，將會長期面對毫無感動可言的自我。這種症狀的患者，沒有你認為理所當然的思維和興趣，常識對他們來說不太適用。正常的溝通，對於現在成為無痛症病患最大實例的淺上藤乃是不管用的。」

橙子小姐針對那場差點被我拋在腦後的爭辯，輕描淡寫地作出結論。她說出口的方式無比自然，反倒像最後通牒般把我逼到死角。

「……妳明明沒見過她，請別說這種話。」

我忍不住從沙發上猛然站了起來。

「這是假設她一開始就有無痛症的推論吧。淺上藤乃又不一定符合這個假設。」

「提出無痛症的人是你啊，黑桐。」

橙子小姐冷冷地說……這個人真的很麻木不仁。她也是女性，為什麼可以對淺上藤乃如此冷酷？還是說，就因為她是女性才能徹底冷酷？

「算了，我也有些在意的地方。淺上藤乃其實也有可能只是個受害者，問題在於哪個在先。」

……那句「哪個在先」是指什麼意思？橙子小姐唸唸有詞地陷入沉思，不肯再進一步作說明。

「式有什麼看法？」

我沒有回頭，直接詢問身後的她。

式的答案不出所料。

「我的意見與橙子相同。和橙子接的委託無關，我無法原諒淺上藤乃。一想到她又會再殺人，我就想吐。」

橙子小姐接在式的發言之後說道。

「同類相斥是吧，妳們這類人種還真是無法湊在一起呢。」

我明白式為何會這麼說。

……式本身遲早會發覺吧，以殺人為嗜好的她其實並不是那種人。

淺上藤乃與兩儀式，這兩個人很相像。

正因為相像，她們才會無法原諒兩人之間決定性的不同。如果她們起了衝突——式會發覺自己心中的真實嗎？……不，我不能讓狀況發展到那個地步。

「——我明白了。我會以自己的方法調查淺上藤乃的過去，如果這邊有她的資料，請借給我。」

橙子小姐輕易地將資料交給我。

隨你高興，式不悅地將頭轉向一旁。

我瀏覽資料，發現淺上藤乃直到小學畢業為止都住在長野縣，她當時的姓氏並非淺上，而是淺神。她現在的父親不是生父，藤乃是母親再婚時一併被新家收養的孩子。如果要調查，就先從這方面著手吧。

「我要出一趟遠門，今明兩天可能沒辦法回來。對了，橙子小姐，超能力真的存在嗎？」

「你不相信湊啟太的話嗎？淺上藤乃確實是這一類的能力者沒錯。雖然超能力這種粗略的說法並不準確，如果你想了解詳情，我可以介紹專家給你。」

她說完之後，在自己的名片背面寫下那位專家的地址。

「咦，橙子小姐對超能力認識不多嗎？」

「這是當然的。魔術可是一門學問，誰想鑽研那種沒有理論也沒有歷史，與生俱來的犯規能力啊？我啊，最討厭那種只有獲選的人才能擁有的力量了。」

她說到最後流露出戴上眼鏡時的口氣，看來真的非常厭惡。我收下那張名片，向從頭到尾都散發出凌厲氣息的式開口。

「式，我要出門了，妳可別亂來喔。」

「在亂來的人是你，有人說笨蛋非得要死到臨頭才會學乖，原來是真的啊。」

我會試著努力看看。式惡聲惡氣地罵完之後，小聲地補上一句。

／4

七月二十四日。

從黑桐幹也開始調查淺上藤乃之後，過了一天。

在這段期間內，並未發生什麼特別值得一提的事。

要說的話，頂多只有強烈颱風會在今天傍晚到明天清晨之間登陸，以及一名無照駕駛的十七歲青年開車衝出馬路發生車禍而已。

但這種平靜終究只限於表面上。

兩儀式站在蒼崎橙子沒有電燈的事務所內，茫然地眺望外面。

夏季的天空寬廣到只要一眼就足以看到厭倦，萬里無雲的藍天上，只高掛著閃耀燦爛的太陽。

這片彷彿只需要藍色顏料就能夠畫出的天空，竟然會在入夜以後被肆虐的烏雲吞沒，簡直像一場惡夢。

鏗鏗鏘鏘的聲響，如耳鳴般地傳來。

事務所就位在一間鐵工廠隔壁，來自工廠的機械音源源不絕地傳向站在窗邊的式。

式默默地瞥了橙子一眼。

橙子戴著眼鏡，正在講電話。

「是的，就是那起車禍……啊，司機果然在車禍發生前就已經死亡了嗎？死因是勒斃嗎？應該沒錯，既然死者的脖子被扭斷自然是勒斃，至於力道大小又是另一個問題。警方有什麼看法？還是要當成追撞意外處理？說得也是，畢竟車上又沒有其他人。這種會移動的密室，再厲害的名偵探也束手無策呢。不，能獲得這麼多資訊就已經很足夠了。

——真的很不好意思，我一定會好好答謝你的，秋巳刑警。」

橙子在對話中扮演著禮貌周到又溫柔無比的女性。如果被認識她的人聽到，恐怕會嚇得背脊發寒。掛上電話之後，橙子微微拉下眼鏡，露出棄絕一切溫情的眼神。

「式，第七個人出現了。她比兩年前的殺人魔還誇張啊。」

式依依不捨地離開窗邊，她本來很想看看這片晴空受到烏雲侵蝕的瞬間。

「妳看，這次的犯案就毫無動機了吧？」

「對，湊啟太也說他不認識這次發生車禍的高木彰一。這起命案與她的報復毫無關連，是多餘的殺戮。」

身穿白色撚線綢和服的式咬咬牙，身上散發出一股憤怒。她硬是將紅色皮夾克披在和服上。

「是嗎，那我可不能再等下去了。橙子，妳知道那傢伙在哪裡嗎？」

「很難講。我過濾出兩、三個可能的藏身地點，要找人的話，只有靠地毯式搜索喔。」

橙子從桌上拿出幾張卡片，扔給了她。

「……這是什麼，淺上集團的證件？這個叫荒耶宗蓮的傢伙是誰？」

三張卡片全是通行證，可以用來出入淺上建設旗下正在施工的地方。那些工地可能是使用電子鎖，卡片的邊緣貼著磁條。

「他是我的老朋友。因為想不到適合的名稱，我請委託人幫忙製作識別證時就借用了他的名字當假名。反正這種事無關緊要，淺上藤乃應該就躲在這三個地方的其中一個。

為了避免麻煩，在黑桐回來前搞定這件事吧。」
式瞪著橙子。她平常空洞的眼眸，在瞪人時就會變得如白刃般銳利。有短短幾秒鐘，式向她發出無言的抗議，但什麼也沒說就轉身離去。到頭來，她也和橙子有同樣的意見。
式並未加快腳步，只是一如往常的流暢步伐離開了事務所。
獨自留在室內的橙子將目光轉向窗外。
「黑桐沒能趕上是嗎?接下來，就看暴風雨是先抵達，還是先被製造出來。式一個人去，有可能反被打敗啊，兩儀。」
魔術師漫無聽眾地自言自語。

◇

大約在正午過後，天色就漸漸出現變化。
原本蔚藍無比的晴空，此刻已逐漸被覆蓋上一層鉛灰色。
風也吹了起來。
颱風要來了，路上的行人們異口同聲地談論著。
「嗚——」
我按著一直在發熱的小腹往前走。

大概是一心只顧著尋人的關係，我不知道有颱風來襲的消息。
街上散發出慌亂的氣氛，但外面的路人越來越少，恐怕不適合找人。
今晚就先回去吧。
我花了好幾個小時徒步走到港口。時間才剛夏日晚上七點，天色卻早已轉黑。暴風雨的到來，甚至使季節原有的時間也跟著失調。
我拖著每天反應都變得更加遲緩的身軀，抵達大橋的入口。
這座橋是父親投注最多心血的建築物，一座將港口這一頭與對岸相連結的壯觀大橋。寬敞的橋面規劃成四線車道，建造在橋下的通道，看來就像是黏在鯨魚身上的吸盤魚。
一部分的地下空間被闢為購物中心，雖然大橋懸浮在海上，但位於馬路下方的區域也只能稱為地下空間。
地面的大橋有警衛看守，無法進入。不過通往地下購物中心的入口無人管理，只要持有通行卡片就可以出入。
我從取自家中的幾張卡片裡挑出一張，打開入口……內部一片黑暗。購物中心基本上已經裝潢完畢，不過還沒有通電。
無人的購物中心，就像是靠近終點站的電車車站。
呈正方形的通道無邊無際地向前延伸，兩旁排列著一間間五花八門的店鋪。
走了五百公尺之後，周遭的景物由購物中心切換為粗糙鐵柱林立的停車場。

停車場部分還在施工，現場一片凌亂。牆壁也還沒蓋好，鋪在牆上的遮雨帆布被風吹得啪啪作響。

——時間應該就快到八點了。

外面的風勢很大，聽著呼嘯的風聲以及狂風拍打海面的聲響，我忍不住想堵上耳朵。

雨點打在牆上的雨音，迸出比我在電影裡看過的機關槍更激烈的火花。

「雨——」

那一天也下著雨。

在我第一次殺人之後，溫暖的雨水洗滌了我身上的汙穢。

後來，我遇見了那個人。

他是我只在國中時代見過一面，只有說過幾句話的遙遠存在。

……啊，我還記得很清楚。

那個傍晚時分，遠方的地平線彷彿在燃燒。

在熱鬧的綜合運動會結束後，一位別校的學長向獨自留在操場上的我攀談。

當時我的腳扭傷了，動彈不得。

罹患無痛症的我其實可以走動，因為就算要拖著傷腳行走，我心中也不會有任何顧慮。可是腳上的腫塊卻告訴我，如果再亂動的話將會造成永久性的傷害。

我沒有任何感覺，只能眺望著夕陽。

那時候，我沒有向人求助。

我不想向人求助。

真虧妳能忍到現在，不痛嗎？會不會痛？妳不覺得很痛嗎？只要我一開口求助，大家一定會這麼說。

我討厭面對這些問題。所以，我一如往常地擺出平常的表情坐在地上，固執地希望任何人都不要發現。我才不要讓母親、父親、老師、朋友或任何人發現我不會痛。我至少要被身邊的人當成普通人看待，否則我一定會崩潰。

此時，有人拍拍我的肩膀。

雖然我感覺不到，耳邊卻聽見了拍肩的聲響。

我回過頭，就看到那個人站在眼前。

他不曉得我的心情，以眼神溫柔看著我。可恨的傢伙，這是我對他的第一印象。

「會痛嗎？」

他的問候令人難以置信。

應該沒有人可以注意到我的腳傷才對，他為什麼會知道？

誰要承認啊！我頑固地搖搖頭。

他看看我別在體操服上的名牌，唸出我的名字，然後觸摸我扭傷的腳踝，皺起眉頭。

啊，他一定要說那些討厭的話了。我緊閉雙眼。

很痛嗎？妳不會痛嗎？我不想聽到擁有普通感覺的人，講出這些沒神經的關心臺詞。

可是，他說的話卻不一樣。

「妳真傻。妳聽好，受了傷不需要硬撐，會痛就要喊疼啊，藤乃。」

……在國中時代，學長曾告訴過我。

那位學長抱起我一路送到保健室後，就此離開了。

那段回憶，宛如一場淡淡的夢。

回想起來，淺上藤乃說不定從那時候開始就喜歡著他。我喜歡他的笑容，對於我原以為沒人會發覺，也不肯讓任何人發覺的痛苦，付出關懷的笑容——

「…………！」

肚子一陣抽痛，讓我從幻夢中醒來。

雙手染上血腥的我，沒有資格沉浸在美好的回憶裡。可是——

雨水說不定能洗刷掉我的汙穢。

我決定走上大橋。

颱風已經正式登陸，橋上的雨勢想必和南國的熱帶雷雨一樣驚人吧。

我總覺得喜不自禁。我拖著疼痛持續不退的沉重身軀，爬上停車場的坡道。

為了沐浴在令人懷念的夏雨中，淺上藤乃往橋上走去。

◇

大橋已然化為一座淺湖。

四線道寬的柏油路面全浸泡在雨水裡，每踏出一步，積水就直淹腳踝。傾盆大雨斜斜地傾注而下，狂風不停肆虐，彷彿要折斷如柳樹般晃動的路燈。

天空一片黑暗，這裡已成為遙遠的海上。

從港口望見的都市燈火，宛如從地面仰望半空中的月亮般，遙遠得無法觸及。

淺上藤乃走進這片暴風雨之中。

那身黑色的制服，有如烏鴉般融入夜色。

她淋著雨往前走，張開泛紫的嘴唇喘著氣。

當她走到路燈下時，遇見了死神。

「終於見到妳了，淺上。」

一身白衣的兩儀式站在颳著暴風雨的海洋中。

雨珠滴滴答答地打在她的紅色皮夾克上，同樣淋著雨的她看來宛如幽靈。

式和藤乃彼此佇立在路燈下。

兩人之間的距離，正好是十公尺。

在狂風暴雨之中，她們卻能不可思議地看清對方的身影，也清楚聽見對方的聲音。

「兩儀——式。」

「如果妳乖乖回家就好了。妳是一頭嘗過鮮血滋味的野獸，對於殺人樂在其中。」

「——那是妳吧？我根本就不覺得愉快。」

藤乃大口喘著氣，凝視著式。

她眼神中充滿敵意與殺意，靜靜地舉起左手摀住自己的臉龐……燦然生輝的雙眼，透過指縫窺視對手。

就像互相呼應般，式的右手也握住刀子。

這是兩人第三次見面。

這個國家有句諺語叫「事不過三」是吧，式無趣地笑了。

這一個淺上藤乃，是夠格讓她下手的殺害目標。

「……我感覺得到，我們非常相像。

啊——我要殺了現在這樣的妳。」

這句話，將兩人的枷鎖完全解放。

／5

式開始飛奔。

踏著淹水的路面，她的速度在肆虐的豪雨中快得叫人著迷。

式不需兩秒就能逼近十公尺的距離，這短短的時間已足夠讓她撞倒藤乃的纖細身軀，舉刀插入對手的心臟。

但是，就連這等驚異的高速也無法比視線更快。

相對只需要用雙眼盯住目標的藤乃，式必須接近對手才能揮刀，兩秒還是太慢了。

「———」

藤乃的雙眼燦然生輝。左眼是左迴旋，右眼是右迴旋，她把軸心固定在式的頭部與左腳上，一口氣扭斷。

異變陡生。

剛感覺到肉眼看不見的力量撲向自己，式立刻往旁邊一躍。

這一跳充滿爆發性，施加在她身上的力量卻沒有減輕。

藤乃的能力並非遠程武器。即使離開原來的位置，只要還在她的視野範圍內就不可能逃脫。

——這傢伙——！

式在心中咋舌。她親身感受到，藤乃的力量比想像中更為強大。

式繼續奔馳。為了逃出她的視野範圍，式以藤乃為中心繞著圓圈奔跑。

「光靠那樣——」

妳以為逃得掉嗎？藤乃喃喃說完之後，不禁愕然無言。

對手輕鬆地溜掉了。

真令人不敢相信，式居然從大橋上跳向海面。

匡噹！底下傳來打破玻璃窗的聲響。

多麼驚人的運動能力，兩儀式從大橋上一躍而下，縱身跳進位於下方的停車場。

「她也……太亂來了吧。」

藤乃喃喃自語，嘴角含著笑意。

的確是被她溜掉了。不過，藤乃一直到最後都注視著式的左手，清楚地看見了皮夾克被扭斷的情景。

我已經先廢了她一隻手。

藤乃真切地感覺到。

「我——比較強。」

腹部的痛楚不斷加劇。藤乃一邊忍著痛，一邊走向通往地下的坡道。

她和兩儀式，必須在此地做個了斷。

停車場內一片黑暗。

不僅視野不清，也難以行走。

感覺就像走在小人國的城市裡一樣，藤乃皺起眉頭心想。四處豎起的鐵柱與地面堆成小山的建材，有如商業大樓區一般錯綜複雜。

追逐著式幾分鐘之後，藤乃開始後悔選擇這裡作為戰場。

如果對方不在視野之中，她就無法設置回轉軸來發動能力。即使知道式就躲在鐵柱後面，如果無法讓她的身影映在眼球上，回轉軸就只能作用在鐵柱上。

在大橋上短短一剎那的交錯中，式便看穿了藤乃的能力。因此，她才會逃向自己也有

勝算的地點。藤乃被迫體認到，她在戰鬥上的能力遠遜於式。可是──

──就算如此，還是我比較強。

既然看不到的話，只要清光所有遮蔽物就行了。

藤乃從身旁開始，將那些礙事的鐵柱一一彎曲折斷。隨著鐵柱一根接著一根被破壞，從她腹部傳來的抽痛也越來越強烈，停車場晃動得越來越厲害。

「妳還真是亂來啊。」

式的聲音在黑暗中響起。

藤乃瞬間轉向聲音的來源，把她原本藏身的建材堆砸得粉碎。

剎那間──一襲白衣從建材的暗處衝了出來。

「──在那邊！」

藤乃的雙眼鎖定了式。

身穿白色和服與紅色外套的少女，伸出染血的左臂奔向她。

「──……！」

閃過一絲猶豫以後，藤乃將之彎曲。

式的左臂喀嚓一聲折斷。

接下來是脖子。當藤乃正要看向式的頸部時——式已經撲進她的懷中。

式揮落的刀鋒宛如閃光。那一道銀白的軌跡，彷彿會永久殘留在黑暗中。

式毫不猶豫地揮出刀子，卻沒有刺中藤乃，被她彎下腰躲過瞄準頸動脈的一擊。

不對，她能閃躲得掉只是出於巧合。

淺上藤乃只是畏懼左臂被折斷後卻越挫越勇的兩儀式，把頭別開而已。

「嘖——」

式不禁咋舌，收回撲空的右手重新擺開架勢。

藤乃不顧一切地凝視著她的軀體。

「——消失吧——！」

式的移動速度比起藤乃的吶喊更快，她立刻躲進黑暗之中。比起那敏捷的運動能力，式當場選擇脫身的見機之快更讓人驚訝。

「——怎麼會……」

有這種人，藤乃喃喃低語。

她的呼吸之所以紊亂不堪，原因絕非僅出於腹部的疼痛。

藤乃神經質地凝神注意周遭的黑暗，不知道式什麼時候會從黑暗裡飛身而出。

她伸出指尖摸摸頸項……她的脖子在剛才那一陣攻防中受了傷。只有四公厘長的傷口並未出血……雖然沒有流血，藤乃卻感到呼吸困難。

「手明明被我毀了，為什麼——」

她還不停下來？發自這個疑問的恐懼讓藤乃無法承受，輕聲呢喃。

她無法忘懷方才那一瞬間。

無法忘懷即使左臂被毀，也沒有停下腳步的式所流露的眼神。

式正樂在其中。即使是擁有壓倒性優勢的藤乃都緊張得瀕臨崩潰，她卻很享受這個狀況。

說不定——對兩儀式來說，手臂被拗斷不是痛苦而是一種喜悅。

過去，藤乃從不曾對殺人樂在其中，因為她根本不想殺人。

可是那個人不一樣，她喜歡互相廝殺。這場戰鬥越是逼近極限，兩儀式就越是歡喜。

藤乃思考著。如果兩儀式和自己一樣是缺乏生存實感的人類。應該會追求某些代償行為來填補空虛。

藤乃找到的是殺人。看見與自己相同的人類步向死亡的樣子，她心中就會湧現一股難以形容的煩躁。

已經曉得何謂疼痛的藤乃，藉由給予其他人痛楚來對疼痛產生共鳴。我正在支配他人的事實，能令她實際感受到自己就身在此處。

單方面的殺人，正是淺上藤乃的代償行為。是她本人直到現在都沒有察覺的快樂殺人症。

那麼，兩儀式的代償行為又是什麼——？

◇

「——剛才她那招滿難應付的。」

躲在建材堆的陰影下，式小聲嘀咕。

她在大橋上被扭斷的左臂已經失去握力。既然派不上用場，式乾脆拿左手作擋箭牌賭上一擊，卻敗給淺上藤乃比她想像中還膽小的事實沒能得手。

式脫下外套後割斷衣袖，直接用單手靈巧地替左臂止血。她粗魯地捆住上臂，施壓止血。

被藤乃扭斷的左臂沒有感覺，大概終其一生都無法恢復正常功能。

這個事實，令式背脊發寒。

「很棒喔，淺上，妳真是棒極了——」

她正在迅速失血，意識也逐漸飄遠。

——我本來就血氣旺盛。

如果放掉一些多餘的血，思緒也會變得清晰——

式集中精神。

淺上藤乃，恐怕是她往後再也不會碰見的強敵。只要稍有疏失，她就會立刻喪命。

這種危機真是愉快，能夠讓人實際感受到自己是活生生的。

對於受到昔日記憶所困的式來說，唯有這個瞬間才是真實的。

將自己暴露在生命危險之下獲得的感覺。

這渺小的生命，正是現在的自己唯一確切擁有的事物。

互相廝殺，性命相搏。

就連日常生活都朦朧不定的式，只能用最為單純、最走投無路的方式得到活著的真實感。

如果淺上藤乃是藉由殺人追求快樂，兩儀式就是以殺人的嗜好來尋求真實感。

兩者在此出現決定性的差異。

……藤乃的呼吸聲在黑暗中迴響。

……她的氣息紊亂而強烈，彷彿正感到痛苦與恐懼。

藤乃仍然毫髮無傷，卻喘得和現在的式同樣厲害。

兩人的呼吸聲在黑暗中互相重疊。

不論心跳、思考，她們甚至連性命也是一樣的嗎？

大橋在暴風雨中晃動，搖曳的節奏恰似搖籃。

式第一次愛上了藤乃，深深愛到必須親手奪走她的性命。

「——我知道這是在白費工夫。」

打從在咖啡廳見面時，她就知道淺上藤乃的體內早已瀕臨崩壞。

就算現在冒著危險解決掉她，也是白費工夫。

不過，人生就是這樣的。

將種種徒勞無功的嘗試累積起來，總有一天能夠達成什麼吧。

人類就是會做出徒勞之舉的生物啊，式想起橙子曾說過的話。在這一刻，她也有同感。

就像這座橋一樣，有些徒勞之舉會被輕蔑地視為愚行，有些則被捧成藝術。兩者之間的分界點，究竟在哪裡？

境界朦朧不清。制訂境界線的人明明是自己，標準卻得由外界來決定。那麼，打從一開始就沒有境界的存在，整個世界都被區隔在空洞的境界中。在社會上，並沒有區分異常與正常的屏障。

——構築那些屏障的人終究是我們。

就像我想遠離世間；就像幹也不認為我很異常；就像淺上藤乃拚命地朝死亡那一方傾斜。

就這層意義來說，式與藤乃是相融合的。她們很相似。在這個狹窄的空間裡，不需要兩個同樣的存在。

「——這就上吧，我已經『看』出了妳的手法。」

式甩甩因失血而變得空白——是變得清晰的腦袋，站了起來。

她用力握緊右手的刀子。

既然藤乃不肯自己畫分境界線，那就由式將她徹底抹消。

◇

式緩緩地現身。

藤乃不禁懷疑自己的眼睛。

式居然朝她迎面走來，還隔著一大段距離。

藤乃本人並未發現，她早已發燒超過三十九度。她直到最後都沒有發覺，腹部的疼痛源自於「某個症狀」。

「……妳真的是瘋了。」

藤乃只能這麼解釋。

她注視著式，發動彎曲。

藤乃的視野隨之扭曲，設置在式的頭部與腳上的軸心分別朝反方向迴轉——式的肉體就像破布般扭成一團。

應該會扭成一團的。

任滴著血的左臂垂在身側，式只不過一揮右手的小刀，就消除了藤乃的「歪曲」。

不，是徹底抹殺殆盡。

「……無形的東西很難用肉眼『看』到，不過妳濫用過頭了。也多虧如此，讓我終於能夠『看』到，妳的視線是綠與紅的螺旋。

真的是——美呆了。」

藤乃不明白式所說的意思。

她能夠理解的，唯有自己一定會死在式手中的事實。

藤乃反覆地默念。

彎曲吧，彎曲吧，彎曲吧，彎曲吧。她反覆投射的凝視，全被式無一例外地掃開。

「妳——是什麼人？」

「萬物都有其破綻。不用提人類，包含大氣、意志甚至連時間都有。既然有開始，當然也就有結束。我的眼睛『看』得到萬物之死，跟妳一樣是特製的。所以——只要是活著的東西，就算是神我也殺給妳看。」

式飛奔的身影，宛如漫步般優雅。

她衝上前一把按倒藤乃，壓在少女的身上。

面對近在咫尺的「死」，藤乃輕聲開口。

「妳要——殺我嗎？」

式沒有回答。

「為什麼要殺我？我會殺人，純粹只是因為傷口在痛而已。」

Siki笑了。

「妳騙人。真是那樣的話——妳為什麼會笑？那個時候是，現在也是，為什麼妳會如此開心？」

怎麼可能……藤乃欲言又止，靜靜地伸手觸摸嘴角。

──她的嘴角，扭曲成無法形容的形狀。

「────」

雖然沒有感覺的我無法分辨，但是我確實正在笑。

第一次殺人時，我倒映在血泊裡的臉孔有怎樣的表情？

第二次殺人時，我倒映在血泊裡的臉孔有怎樣的表情？

我不太明白，不過每次下手都有種煩躁感。

殺人的時候，我總是很煩躁。

那種感情──就是喜悅嗎？

就連遭受強暴也沒有感覺的我，覺得殺人很快樂──？

「結果妳根本就樂在其中，妳很喜歡傷害人的快感，所以那份痛楚也永遠不會消失。」

因為痛楚一旦消失，我就會失去殺人的理由。

不是為了別人，就只是為了我，傷口會永遠疼痛下去。

「──這就是──答案？」

藤乃呢喃。

我不想承認。

我不願去思考。

因為，我和妳不同——

「我不是說了嗎？我們很相似。」

式的刀子一閃而過。

藤乃嘶聲力竭地大喊。

所有的一切都彎曲吧！

停車場開始劇烈震盪。

藤乃的腦海中，浮現颱風夜裡的海峽全景。

她忍受著腦髓彷彿即將融化般的灼熱，在大橋的出入口設置回轉軸——

——將之彎曲。

◇

砰隆！

一陣如落雷般的巨響傳來。

鋼筋被擠壓得發出慘叫，地面朝一邊傾斜，好幾處天花板紛紛坍塌。

淺上藤乃愕然地注視著一座建築物土崩瓦解的過程。

剛才壓在自己身上的少女，被捲入世界突如其來的傾斜中往下墜落。

外面颳著暴風雨，而下方是海面……如果摔下去的時候沒能抓住什麼東西，必死無疑。

藤乃對痛苦得無法呼吸的身體下達命令。

繼續待在這裡會掉進海中，我得快點離開才行。

她拖著精疲力竭的身軀逃離停車場。

相較之下，購物中心受到的損害比較輕微，原本呈正方形的走道已經被壓成了菱形。

藤乃邁開腳步想要前進，卻猝然倒地。

她無法呼吸，雙腳動彈不得

藤乃的腦海裡一片模糊，什麼也看不見。

她唯一擁有的——就是體內的劇痛。

還是死了算了，她第一次出現這種念頭。

因為實在好痛，痛到無法忍受。與其要懷抱這股劇痛活下去，我寧願死掉。

「——咳咳！」

藤乃俯臥在地，大口吐血。

她癱倒在地上，茫然地眨眨眼睛。

逐漸轉白的視野中，只有自己在地面淌流的鮮血特別鮮明。

鮮紅的血——鮮紅的景色。

夕陽就像在燃燒一樣——就像總是熊熊燃燒著。

「不要……我還不想、死。」

藤乃伸出手。

既然腳無法動彈，就只能靠手臂前進。

她靠著雙手爬行，一點一點地往前挪。

要是不逃——那個死神一定會追上我。

藤乃拚命向前爬。

她所能感覺到的全是痛覺。

好痛，好痛，好痛。除了這個字眼，她什麼也無法思考。

好不容易才獲得的珍貴痛覺，現在卻顯得如此可恨。

不過——是真的。因為很痛——因為非常地痛，人就會產生不想死的渴望。

我不想就此消失，我必須多活一點，做些什麼。

因為我什麼也沒做，什麼也沒留下。

這樣太悽慘了。

這樣太空虛了。

……這樣太可悲了。

可是好痛，她疼痛到聯想活下去的心都為之麻痺，快支撐不住了。

好痛，好痛，好痛，好痛，好痛，可是……

……藤乃一邊吐血，一邊挪動手臂。

她一再覆誦著同樣的話。

這是她第一次以極度強烈的意志許願。

——我想要再……多活一點。

——我想要再……多說些話。

——我想要再……多思念一點。

——我想要再……繼續……留在這裡——

然而，她已經連一動也不能動了。

只有疼痛反覆侵襲著藤乃。

這就是——自己樂在其中的東西的真面目。

這個事實，比起任何事都更讓淺上藤乃痛苦。

如今她才明白自己犯下的罪，自己流下的血代表什麼意義。

這意義太過沉重，她甚至無法道歉。

現在，她只是回想著他溫柔的笑容。如果那個人在場——可還願意擁抱這樣的我？

她的身體一陣痙攣。

自咽喉逆流而上的血液，宣告最後的疼痛到來。

那股劇烈的衝擊，甚至令藤乃的兩眼失去光明。

她能看見的只剩下殘存在體內的東西。不，甚至連那些也逐漸淡去——

藤乃無法承受漸漸消失的孤獨，脫口而出。

那是她一直固執地守護至今的真正心意，是她從小時候開始就夢想實現的渺小心願。

「——好痛。我好痛，學長。非常地痛……痛成這樣，我都要哭了——……媽媽

——我可以、哭嗎？」

……她想要向某個人傾訴這段心聲。

如果在三年前的那個傍晚，我可以說出自己想說的話，那該有多麼——

藤乃的眼角滲出淚水。

疼痛、悲傷與無比的寂寞，讓她只能哭泣。

但僅僅如此，僅僅是哭泣著，痛楚就減輕了。

那個人讓我明白，覺得痛時應該找人傾吐而非硬撐，應該請對方付出關愛。

能遇見他真好——能在我變得無可挽回之前遇見他，真是太好了。

「很痛苦嗎？」

當藤乃痛苦到極點之時，手中持刀的式出現在她眼前。

藤乃翻身仰臥，與式相對。

「會痛的話，就要喊疼。」

式在最後這麼說道。

……她所說的話，就和藤乃回憶中的臺詞一模一樣。

她說得沒錯，藤乃心想。

從現在開始也不遲，如果我可以放聲喊痛——大概就不會踏上錯誤的道路了。

過去那段不自由卻正常的生活，宛如走馬燈般浮現眼前。

然而，她沒資格那麼做。她犯下的罪太過沉重，殺害的人也太多了。

——為了自己的幸福，我殺了許多人。

淺上藤乃緩緩地停止呼吸。

她的痛覺開始迅速消失，甚至已感覺不到刺進胸膛的刀尖帶來的疼痛。

痛覺殘留／

5

就在颱風直接撲向市中心之際，我回到事務所。

看到淋成落湯雞的我走進事務所，橙子小姐口中的香菸掉了下來。

「怎麼這麼快？你才去了一天耶。」

「因為颱風要來，我才趕在交通停擺前回來。」

這樣啊，橙子小姐面有難色地頷首。我回來的不是時候嗎？不，現在更要緊的是——

「橙子小姐，關於淺上藤乃，她有後天性的無痛症，在四歲之前都和一般人沒兩樣。」

「你說什麼？怎會有這種荒唐的事。聽好了，淺上藤乃有痛覺麻痺的症狀，卻沒發生運動麻痺。如果她的無痛症是後天性導致的，那麼脊髓空洞症是最有可能的原因，但脊髓空洞症應該會損及運動能力。像她那樣只欠缺感覺的特殊案例，一定是先天性的問題。」

「是的，她的主治醫生也這樣說過。」

我很想從頭詳述自己在長野深山裡的經歷，但現在沒有時間耽擱。

我簡要地說明我在舊淺上……不，淺神家打聽到的藤乃消息。

「淺神家原本是長野的豪門，不過在藤乃十二歲時宣告破產。她在當時跟著母親，進入了現在的淺上家。淺上似乎是淺神家的分家，因為想得到土地所有權答應代為償還欠債。

還有，據說小時候的藤乃擁有痛覺，相對的也具有不可思議的能力，可以隔空讓物體彎曲。」

「——然後呢？」

「她在村裡被當成受詛咒的孩子，備受欺負。但是在藤乃四歲的時候，那種能力和她的感覺一同消失了。」

「…………」

橙子小姐的眼神一變。看見她諷刺地揚起嘴角，我知道她很興奮。

「後來她家指派了一位主治醫師診治她，不過淺神家沒有留下相關記錄，畢竟那邊的舊址已經化為廢墟了。」

「這算什麼啊。接下來才是關鍵部分，卻查到這裡就中斷了嗎！」

「怎麼可能，我已經找到那位主治醫師，問出詳情了。」

「嗯——你還真能幹，黑桐。」

「謝謝。我追溯記錄跑到秋田，對方是個沒有醫師執照的密醫，我花了一整天的工夫才讓他鬆口。」

「……真讓人傻眼。如果你哪天被公司開除就改行當偵探吧，黑桐。我讓你當我的專屬偵探。」

我會考慮的，我這麼回應後繼續往下說。

「那位主治醫師只負責提供藥物，他不清楚藤乃為何會得到無痛症。據說事情是藤乃的父親獨自安排的。」

「獨自安排的——？你是指治療？還是給她服用藥物？」

聽到她在用詞遣字上微妙的差異，我點點頭。

「當然是給她服用藥物。依照主治醫師的說法，藤乃的父親無意治好她的無痛症。醫師提供的藥物大都是阿斯匹靈以及吲哚美辛、類固醇。依照他本身的診察判斷，他認為藤乃很可能罹患了視神經脊髓炎。」

「視神經脊髓炎——戴維氏症嗎？」

戴維氏症是脊髓炎的一種，也是會引發感覺麻痺的疾病。大致上的症狀為下半身的運動、感覺麻痺，以及眼睛的視力衰退，據說甚至有失明之虞。

這種疾病需要在早期進行類固醇療法。這裡所說的類固醇，似乎是指橙子小姐先前提過的皮質類固醇。

「明明得了視神經脊髓炎，他卻給藤乃服用有麻痺痛覺效果的吲哚美辛。哈哈，原來如此，難怪她會變成只欠缺感覺的人。既非先天也非後天，淺上藤乃的感覺是被人工移除的，和式正好是恰恰相反！」

哈哈哈，橙子小姐笑了出來。

她大笑的樣子很像我昨天拜訪過的教授，有點可怕。

「橙子小姐，吲哚美辛是什麼東西？」

「一種可以減輕疼痛的物質。

不管是末梢性疼痛或轉移性疼痛，所謂的痛，都是對來自外部的『引起生命活動異常的刺激』產生反應。致痛物質在體內生成後，刺激掌管疼痛的神經末梢，向大腦送出『這樣下去會死喔』之類的疼痛訊號。你知道致痛物質吧？除了奎寧與胺類之外，還有強化這兩者的花生四烯酸代謝物。阿斯匹靈與吲哚美辛，能夠抑制包含這種花生四烯酸的前列腺素。因為奎寧與胺類單獨給予的痛感很有限，大量服用吲哚美辛就能讓疼痛幾乎消失。」

橙子小姐似乎非常愉快，看起來相當亢奮。

老實說，就算她說什麼花生四烯酸、奎寧的，在我聽來跟怪獸的名字沒兩樣。

「簡單的說，就是消除痛覺的藥對吧？」

「並非直接作用就是了。如果單純要消除痛覺，還是鴉片類麻醉藥劑來得管用。腦內啡算是比較著名的吧？就是那種號稱腦內麻醉藥，大腦為了麻痺痛覺而擅自分泌的物質。鴉片類止痛劑同樣可以對中樞神經發揮鎮痛效果——啊，這些事並不重要。

原來如此，藤乃的父親藉由封閉她的痛覺來封鎖她的能力，與拚命想使出能力的兩儀是完全相反的純血統家系。偏偏可悲的是，這麼做反倒強化了藤乃的能力。在埃及一帶的魔術師會縫合自己的眼皮，好將魔力封在體內避免外洩。淺上藤乃和他們又有什麼不同？」

……我明明已經有心理準備，聽了橙子小姐這番話還是大受衝擊。

其實，我早就明白了。

淺神的血統，會生下像藤乃這樣的超能力者──天生就可以接收不同頻道的孩子。他們將其當成受詛咒的孩子，試圖封印那股特殊力量。

而封印的結果──就是無痛症。

為了關閉超能力這個頻道，感覺這個機能也一併遭到封鎖。

因此，淺上藤乃的超能力才會隨著痛覺的復甦覺醒……本來被封閉的感覺復原了。

「……太殘酷了。處在異常狀態下，居然是她唯一保持正常的條件。」

沒錯。如果沒罹患無痛症這種異常疾病，淺上藤乃就無法與我們待在同一個世界裡。可是得了無痛症，她就什麼也接收不到。她只不過是個僅被容許住在這世界上的幽靈罷了。

「如果感覺不到痛──她也不會殺人了。」

「喂喂，別把錯怪到痛覺頭上。痛覺可是種好東西，有錯的終究是傷口，不可以搞錯先後順序。我們需要痛覺，無論有多麼痛苦都一樣。

因為有痛覺，人類才能辨別出何謂危險。我們之所在碰到火時會縮回手，是因為手著火的關係嗎？不是吧。而是因為手被燙到了，也就是覺得痛。否則的話，我們直到手燃燒殆盡為止，都不會明白火這種東西的危險性。傷口會痛是正確的，黑桐。沒有痛覺的人就無法理解他人的痛楚。

淺上藤乃因為脊椎受到劇烈撞擊，暫時恢復痛覺。面對痛覺恢復後承受的疼痛，她第一次採取了自衛行動。她過去不認為那些少年很危險，卻透過痛覺得以理解他們是危險的對象──話雖如此，殺掉他們是做得太過分了。」

……然而，藤乃並沒有痛覺。雖然她的自衛行動導致那群少年喪命，但襲擊她的傢伙不也該負起一部分的責任嗎？我無法單單責怪她一個人。

「──橙子小姐，她會痊癒嗎？」

「沒有什麼傷是無法痊癒的。不會痊癒的傷口不叫傷口，叫作死亡。」

她繞著圈子，稱呼淺上藤乃的傷為死亡。

可是，這次的事件起因是藤乃腹部受到的刀傷。

既然傷口的疼痛會復甦，那麼只要找出原因所在──

「黑桐，她的傷是不會好的，只會一直痛下去。」

「咦？」

「我是說，那個女孩身上原本就沒有傷口。」

──這句臺詞，完全出乎我意料之外。

「那個……這是什麼意思……？」

「你想想，如果腹部真的被刀刺傷，傷口有可能會自然痊癒嗎？而且還只是在一兩天之內。」

……這麼說來——的確沒錯。

橙子小姐的指謫從根底開始推翻先前的論點，我聽得困惑不已。

「就像你調查了淺上藤乃的過去，我也試著調查過她的現況。從二十日起，藤乃沒到市區任何一所醫院看過病，似乎也沒去找她私下看診的專屬醫生。」

「專屬醫生？咦咦——!?」

橙子小姐無言地皺起眉頭。

「……你找東西的能力雖然是一流的，卻缺乏洞察力。

聽好了，對無痛症患者來說，身體出現異狀是最可怕的問題。沒有痛覺的他們，無法得知自己罹患了什麼疾病。就結果而言，他們必須定期接受醫師診察。」

這樣嗎，正如她所說的一樣。

可是，這麼說來——淺上藤乃現在的父母不知道她有無痛症嗎？

「一切都始於微不足道的錯覺，黑桐。

當時藤乃被持刀的少年撲倒，以為自己會被刺傷。不，她確實是差點被刺傷。在那個時間點，她的痛覺早就已經復甦了，也可以讓那種能力覺醒。

至於是刀子先刺到人還是扭曲先發動，則是藤乃早一步出了手。

結果少年的脖子被扭斷，噴得藤乃一身是血。她可能以為自己的肚子被刺傷了。」

我鉅細靡遺地想像出當時的情景，不禁連連甩頭。

「這樣說不通啊。既然痛覺恢復了，就不會出現那樣的錯覺啊。既然沒被刺到就不會痛。」

「藤乃從一開始就感到很痛。」

…………咦？

「我請藤乃現在的主治醫生拿病歷給我看過，她有慢性闌尾炎……也就是俗稱的盲腸炎。就是為了這個緣故，她才會去看醫生吧。那女孩的腹部之所以會痛並不是因為刀傷，而是內臟在痛。

她的痛覺反覆在復原與麻痺之間徘徊，如果她在刀子刺下的前一瞬恢復痛覺——必定會誤以為自己被刺傷了。她從小到大都不曉得疼痛為何物，自然也不會確認身上有沒有傷口。『啊，傷口癒合了』。藤乃看到自己被刺的腹部，發現沒有傷口之後，肯定是這麼想的。」

「所以——是她弄錯了嗎？」

「她確實是弄錯了傷的種類，但事實並不會因此改變。

她實際上已被逼得走投無路。無論那把刀是否有刺下，她除了殺死那些人之外想不出其他辦法。不殺人就會被殺，這種念頭不是出自身體，而是出自她的內心。偏偏很不走運地，她讓湊啟太逃了出去。如果當時就能完成報仇，事情也不會演變到這種地步。式說得沒錯，反正不管怎麼樣，淺上藤乃已經沒救了。」

對了，式曾重複說過這句話。

為什麼——她已經沒救了？因為藤乃殺了人嗎？若是因為這個緣故，她應該在殺害那四人的時候就已經無可救藥才對。

關於這一點，我無論如何都想不明白。

「沒救了……怎麼會？」

「式指的應該是精神層面。如果藤乃只殺了五個人，還可以算是殺人，超過了就不能說是殺人，而是殺戮。讓式感到生氣的是，她沒有這麼做的正當理由。

……那孩子雖然有殺人的嗜好，卻又在無意識中察覺到死亡是多麼珍貴，所以並不會像淺上藤乃那樣毫無理由地殺人。對式而言，恣意殺人的藤乃算是罪無可逭吧。」

淺上藤乃在恣意——殺人嗎？我認為她只是拚命在逃而已。

「但我所說的『沒救了』，指的是她的肉體層面。

闌尾炎如果放著不管，會導致腸穿孔引發腹膜炎。腹膜發炎會帶來闌尾炎無法相提並論的劇痛，足以和被刀子刺中的痛楚匹敵。腹膜炎的病患會出現發高燒、發紺的症狀，最後因血壓降低導致休克。如果是發生在十二指腸一帶，最快半天就會致命。從二十日到今天過了五天，應該早就穿孔了吧。

雖然可憐……但她必死無疑。」

她為什麼能夠若無其事地說出這麼殘酷的事實？

「應該還不算太遲啊，我們得盡快找到淺上藤乃加以保護……！」

「黑桐，這次的委託人是淺上藤乃的父親。我猜他原本就曉得藤乃小時候的能力，所以得知死者的慘狀後，就推測出是她所為。她的父親，要我『殺了那隻怪物』。就連唯一能保護她的父親，都希望她死。看吧，無論從哪個方面看來，她都得不到救贖。

而且，式已經過去了。」

「────混蛋…………！」

沒有針對任何人，我放聲大喊。

6

寬廣大橋活像被巨人的手擰過一般扭曲。

橙子小姐的四輪傳動車冒著暴風雨衝到現場，我們正在與警衛爭執時，一隻手臂滴著血的式從橋底下飄然現身。警衛奔了過去，卻被式輕鬆地打暈。

「嗨，我就曉得你會跑來。」

式依然臉色蒼白，困倦地說道。

我明明有好多話想說，可是看到她如此虛弱的樣子，就什麼也說不出口。

我走上前想攙扶她，式卻不願意接受。

「只賠上一隻手而已嗎？式。」

橙子小姐好像很意外，式一臉不滿地瞪著她。

「橙子，那傢伙最後竟然連透視能力都覺醒了。要是放著不管，她遲早會變成難應付的特異能力者。」

「透視能力——靈視是吧？她的能力要是再加上千里眼，確實是無人能敵。就算不現身也能做出回轉軸。啊——妳剛才說『要是放著不管』？」

「……那傢伙最後又恢復成無痛症了。有夠卑鄙的，那樣的淺上藤乃不配讓我動手。因為拿她沒辦法，我只有殺掉她肚子裡的病痛。如果動作快一點，她說不定還能保住一命。」

式沒有殺淺上藤乃。

我只理解到這個事實，匆匆打電話連絡醫院。雖然救護車能不能在這場狂風暴雨裡趕來還很難說，萬一不行的話，我就自己送她到醫院去。

幸好，她的主治醫師乾脆地答應下來。那位醫生似乎很擔心失蹤的淺上藤乃，在電話另一頭哽咽失聲。儘管為數不多，還是有人站在她這一邊的。

我正在感動的時候，身後的兩人談論起危險的話題。

「妳的手臂止過血了？看起來沒在出血。」

「嗯，這隻手不能用了，所以被我給廢了。橙子，妳都自稱為人偶師，區區義肢應該會做吧？」

「也好，就當作是這次的酬勞。我也一直認為，妳雖然擁有直死之魔眼，肉體卻顯得太過平凡。我就來讓妳的左手至少能抓住靈體吧。」

……真希望她們別聊這種事。

「醫院方面會派救護車過來。留在這裡可能會碰上什麼麻煩，我們先離開吧？」

說得正是，橙子小姐點點頭，式卻沉默不語……她大概是想看著淺上藤乃平安被送上救護車吧。

「我是通報人，會留到最後。我之後再回報結果，橙子小姐就先回去吧。」

「在這種豪雨天留下來，黑桐你也真好事。式，回去了。」

我不要，式拒絕她的邀請。

哼哼～橙子小姐臉上浮現討人厭的笑容，跳上她那輛怎麼看都違反道路交通安全法的越野用四輪傳動車。

「式，可別因為沒能殺死淺上藤乃，就宰了黑桐喔。」

哈哈哈，橙子小姐認真地說完之後發動汽車。

在夏季之雨中，我和式走到附近的倉庫屋簷下避雨。

◇

救護車在不久後抵達，載走了淺上藤乃。

因為現場正颳著颱風，我看不清她的臉孔。我無法確認她是不是那一夜的少女，但這樣應該比較好。

式茫然地注視著夜色。

她淋著雨，彷彿很冷地佇立在原地，目光一直瞪著淺上藤乃。

我在雨聲之中向她的心發問。

「式，妳到現在都還是無法原諒淺上藤乃嗎？」

「——對於被我殺過一次的對象，我可不感興趣。」

式斷然回答。

她的態度裡沒有憎恨或任何感情。對式來說，藤乃大概已經變成陌生人了……雖然悲哀，這種結局對她們兩人而言或許是最好的。

式瞥了我一眼。

「你又是怎麼想的？你不是認為無論理由為何，都不能殺人嗎？」

她簡直就像在問起自己的事。

「……嗯，但是我同情她。老實說，對於向她施暴的那些傢伙的死，我沒有任何感覺。」

「好意外，我本來還在期待你的泛泛之論呢。」

……式是希望我責備她嗎？不過，妳不是沒殺死任何人嗎？

我閉上眼睛，傾聽雨聲。

「是嗎？不過，這就是我的感想。式，儘管曾經迷失自我，淺上藤乃仍是個普通女孩。她應該會正面承受自己的所作所為吧。即使她去自首，警方也無法證實她所做的事，不會在社會層面上被問罪，這反倒更讓人痛苦。」

「為什麼？」

「……我認為懲罰，是當事者自行選擇背負的東西。依照當事者犯下的罪行，由他的價值觀自行施加的重擔，就是懲罰。

越是具有良知的人，給予自己的懲罰就越沉重。在常識之中生活越久，懲罰的分量就會變得越沉重。淺上藤乃往後活得越是幸福，受到的懲罰就會跟著越是沉重痛苦。」

你這個濫好人，式喃喃地說。

「照你的說法，沒有良知的傢伙就沒有罪惡感也不必背負懲罰囉？」

「我想不至於沒有。即使對於那個人來說非常輕微，懲罰還是存在的。非常薄弱的良知，誕生出更為薄弱的罪惡感。在我們眼中，這種感情就跟路邊的小石子一樣微不足道，對於當事者而言卻是種枷鎖。我們置之一笑的感傷，放在薄弱良知的人身上卻會極度不自在。即使大小不同，在懲罰的意義上卻是一樣的。」

……沒錯。比方說，唯一生還的湊啟太之所以會害怕到瀕臨發狂，也是屬於他的罪惡感衍生出的懲罰。

無論是後悔或罪惡感，畏懼、害怕或焦躁都一樣。他們無法彌補自己犯下的罪，卻只能努力地試圖去彌補。

「的確，不會在社會層面上被問罪是比較輕鬆。但沒有任何人制裁的話，懲罰就只得由自己來背負。自責一直都不會消失，隨時都會不經意地回想起來。因為得不到任何人的原諒，甚至連自己也無法原諒自己。內心的傷痕不會消失，將一直隱隱作痛。就如同她的痛覺曾經殘留過一般，永遠不會痊癒。正如妳所說的一樣，心沒有實體——無法治療上面的傷口。」

式默默地聽著我訴說。大概是因為調查了淺上藤乃的過去，我也沒來由地詩意起來。

式突然走出倉庫屋簷，到外頭淋雨。

「你是這麼說的吧。越是具有常識，罪惡感就會越強烈，所以這世上沒有惡人。不過，我可沒有那種高尚的東西，放這種傢伙在外面遊蕩好嗎？」

聽她這麼一說，的確沒錯。

論及是善人還是惡人之前，式的常識就很薄弱。

「這樣啊，那就沒辦法了。妳的罪就由我來扛吧。」

這是我由衷而發的真心話。

式措手不及地停下腳步，愣愣地站在雨中。

她淋了一會的雨後，不快地低下頭。

「……我終於想起來了，你從以前就會一本正經地說出這類玩笑話。坦白說，這讓式感到非常棘手。」

「——唉，是這樣嗎？我以為一個女孩子程度的重量，我應該還扛得動。」

聽到我氣餒地抗議，式愉快地笑了起來。

「再跟你坦白一件事……我應該也會因為這次的事背上罪孽。不過，我也因此了解到一件事。那就是我的生活方式，我想要的東西是什麼。雖然很不明確又危險，但我現在也只能緊抓著它不放。而受我倚靠的那個東西，其實並沒我想像的那樣糟糕，這讓人覺得有點開心。那是些微地——只是些微地偏向你的殺人衝動——」

……雖然最後的字眼令我皺起眉頭，不過在雨中綻放笑容的式看來非常美麗。

暴風雨已經減緩，到了早上雨勢就會停歇吧。

我只是眺望著沐浴在夏雨中的式。

仔細想想——那是她醒來之後，第一次對我展露的真正笑容。

／痛覺殘留　完

解說

綾辻行人

我是在距今三年半前，二〇〇四的春天得知「奈須蘑菇」這人的。作為講談社小說版出版的前奏，〈空之境界〉的序章《俯瞰風景》打著「衝擊性預告篇」的名號在〈小說現代梅菲斯特〉五月增刊號上刊出，讓我首度認識到這個名字。

茄子？蘑菇？嗯～好奇怪的筆名（註4）——這是我千真萬確的第一印象。還有〈空之境界〉這個書名，我剛看到的瞬間就疑惑地想著，這該唸成「sora no kyoukai」？還是「ku no」？看到注音之後，我這才明白應該讀成「kara no」——不論是筆名或書名，都有些出乎我的意料之外。

在那個時候，我對奈須蘑菇以及〈空之境界〉的知識可說是一片空白。閱讀過笠井潔以「八〇年代傳奇與九〇年代傳奇的合流點」為題的介紹文之後，我終於知道奈須是電腦文字冒險遊戲〈月姬〉的製作者。雖然聽說過幾次〈月姬〉的名頭，可惜我對那方面毫無接觸，當然也完全不知道撰寫〈月姬〉劇情的人物就是奈須蘑菇。

——於是，我對「衝擊性預告篇」產生了興趣。來看看是什麼玩意吧？我抱著非常輕

4　作者名奈須蘑菇nasu kinoko，nasu音同茄子，kinoko是蘑菇的意思。

鬆的態度想道。

當時我坦率的感想是這樣的。

怎麼，感覺特別帥氣啊。

帥氣的主角形象，帥氣的臺詞，帥氣的場面、風景、概念……這位作者不擺架子也不隱藏鋒芒，以直率的意志全力嘗試寫出帥氣的故事，而他也寫出來了——這是我的看法，讀來相當暢快。「帥氣」這字眼說不定會給人一種膚淺形容詞的印象，但我想指的當然不是那個意思。「將帥氣的題材寫得帥氣」，其實是十分困難的。

光是讀過應該稱為「以連作中篇形式構成的長篇第一章」《俯瞰風景》，別說故事的整體面貌，甚至連基本設定都看不太出來（他是刻意採用這種方式寫作，後面再提及）。而文體也有獨特的癖性，硬要說的話，這算是篇第一印象不佳的小說。雖然類別可以算入「傳奇小說」，但這部作品究竟會以什麼形貌完成？這位作家具有何種意向？——我很想知道答案，但當時的興趣也僅止於此。

不久之後，〈空之境界〉在「宣告新傳綺風潮到來，傑作中的傑作！」這樣盛大的宣傳標語包裝下，由講談社小說部發行。這部作品原本是上世紀末在網路上發表的小說，後來自費印製成冊後在 Comic Market 等活動販售並博得人氣。幾乎以同樣內容轉向商業出版的職業作家奈須出道作立刻引發莫大的迴響，不斷再版——然而，我卻無意馬上閱讀。

過去我也曾以讀者的身分，狂熱地讀著從平井和正、半村良到栗本薰、夢枕獏、菊地秀行等人創作的「傳奇科幻」、「傳奇動作」小說。不過即使現在打出「新傳綺」的名號，這領域也和我目前關注的焦點相距甚遠，拿出書架的優先順位就被我往後調了。

就在這個時候，編輯部提出請求，問我願不願意在〈梅菲斯特〉雜誌上和奈須對談。當時，講談社小說部也正好剛出版了我的〈殺人暗黑館〉。

為什麼?我感到不可思議地詢問，據說奈須是「新本格推理」的愛好者，除了菊地秀行、笠井潔，他還在影響自己的三大作家中舉出了綾辻行人的名字。由於〈暗黑館〉已順利出版，編輯希望在這個時機安排我們會面。

喔~真沒想到……在驚訝之餘我也回想起來，笠井潔隨「預告篇」一同刊出的介紹文好像也提過類似的事——「作品中可以感覺出『新本格』推理的影響」——他好像這麼寫到（儘管失禮，當時我還沒看過笠井潔、奈須蘑菇與武內崇在前年秋天發行的〈梅菲斯特〉創刊號上的三人對談）……結果，這場對談付諸實現。

——於是，我產生了閱讀〈空之境界〉全篇的興趣。這次的態度不再是「我看看」，而是認真幾分的「好~來看吧！」

我開始閱讀——在讀完之後理解了笠井潔為何會這樣介紹，同時也深感佩服。這個作品，感覺果然特別帥氣。

而且，這部浩大小說的每個細節都經過縝密的思考與精心製作。

從基礎的世界觀乃至為故事潤色的各種小道具，作品內真實感的層級設定等等……的確都屬於「傳奇」。

女主角兩儀式原本具有雙重人格，內在有另一個名為「織」的殺人魔男性人格，起因則是兩儀家血統中「超越者的遺傳因子」覺醒之故。她在唸完高中一年級時發生車禍，昏睡長達兩年後醒來，「織」卻從她的體內消失，取而代之地獲得能夠看見一切事物的死的「直死之魔眼」。這世界裡有「魔術」和「魔法」，也有驅使這些力量的人存在。以超現實的原理、法則為基準的異樣事件頻頻發生，生存超過兩百年的可怕「魔術師」和式等人的壯烈慘鬥，成為故事的經線。

嗯，如果要替這部小說分類，還是該先納入「傳奇」的範疇。不過，作為傳奇小說的同時，〈空之境界〉也生動地展現出「新本格」某種要素的影響。

結果，這讓〈空之境界〉成為與過去眾多「傳奇」的基本風格有所不同，具備獨特魅力的混血之作。那麼，「新傳綺」的「新」就是「新本格」的「新」嗎？——我自顧自地開起這個玩笑，忍不住會心一笑。

我和奈須在同年十月下旬進行對談（內容以《新本格&新傳綺　混血對談》為題名，

刊載在〈梅菲斯特〉二〇〇五年一月增刊號上），雖然篇幅有些長，以下節錄自他當時的發言。

「我在國中、高中時代，讀過以菊地秀行先生為首的傳奇小說。不僅限於閱讀，我也想自己創作，卻逐漸感受到『動作劇』在文字媒體上有所極限。因為我也常看漫畫，無論再怎麼努力想以文字來表現傳奇動作劇，第一印象始終比不上漫畫的視覺效果……（中略）……當時我在便利商店上大夜班，在整理雜誌架時，店裡碰巧進了一本〈殺人十角館〉的文庫版……（中略）……我以前不曾讀過推理小說，卻被開頭部分所吸引……將書買回家仔細閱讀後，我受到莫大的衝擊。我第一次得知，小說不必與漫畫站在同一個立足點上競爭，也有小說才辦得到的戰鬥方式。從此以後，我就瘋狂地看起推理小說。」

他是面對面的情況下說出這番話，總得打幾分折扣，但奈須在看過拙作〈殺人十角館〉後受到衝擊應該是事實。當時他感覺到「只有小說才辦得到」的手法，大概是〈十角館〉的主要詭計吧。看過〈十角館〉的讀者應該會發現「就是那個詭計嗎？」，簡單的說，重點在於「敘述性詭計」（≒「布局詭計」）。

在此沒有篇幅詳述何謂敘述性詭計，就先視為「作者在敘述層面上對讀者設下的陷阱」吧。這是純以文字創作的小說才有可能實現的詭計，大多數情況下，只要一經圖片或影像化，詭計就無法成立。也可以說是「因為文字媒體給予的資訊量絕對性的稀少，反過來利用這點布置的詭計」。

就現在的眼光來看，〈殺人十角館〉裡的詭計構造很簡單，但光是這樣，就足以給第一次閱讀推理小說的青年奈須強烈的衝擊吧。順便一提，他後來讀遍以講談社小說部為中心出版的「新本格」作品，大致上多少都含有敘述性詭計的成分。

無論如何，奈須就此得知這種「只有小說才辦得到」的明確例子及其威力，想把這樣的手法融入他過去一直在創作，卻逐漸感覺到極限的傳奇作品裡。兩者結合後所誕生的第一部作品，也就是〈空之境界〉。

下面這個比喻，也可以說明推理小說中的敘述性詭計，又名布局詭計究竟是什麼。

比方說，構成一個故事的所有資訊，共分割為一百張卡片。在起初的階段，一百張卡片全部蓋在桌上，故事會藉由逐一翻開這些卡片進展下去。

直線型的故事，翻開卡片的順序也呈直線型，大都依照時間順序從基本資訊開始依次揭曉，讓讀者依明確的線索追蹤情節發展。

推理這個類別，原本就成立在特殊的「翻牌方式」上，有敘述性詭計的作品更是如此，這些技巧會轉變成特別的雜技演出。比方說，刻意將本來應該在序盤打開的卡片保持蓋牌狀態，還不讓讀者們察覺「仍在蓋牌」的事實，直到最後的最後為止，都企圖在讀者眼前展現「錯誤的構圖」。

〈空之境界〉，在寫作時確實是特別意識到戲法的「翻牌方式」。另一方面，運用有奇小說風格小道具各個章節，也高明地導入「提出不可思議的謎團」→「出乎意料的解決」這種推理風格的構圖、手法，並在布局層面嘗試相當雜技耍的「翻牌方式」（令人眼花撩亂的視點轉變，錯綜複雜的時間順序，一點一滴展現的人物背景與世界構造……）光是閱讀第一話，別說故事的整體面貌，甚至連基本設定都看不太出來——我在前面提到的問題就是出於這些佈置，但就結果而言，正是這個手法使〈空之境界〉與其他同類型作品畫清界線，成功地獲得存在感。

——話說回來，〈空之境界〉這個故事的布局，真是設計得複雜又縝密。不僅運用這樣的手法，還能寫出有意思的故事一路吸引讀者看到最後，可是非同小可的才能。

前文提到的對談中，奈須針對綾辻的館系列長篇表示，閱讀「殺人〇〇館」就等於是在攻略那座「館」，這一點也可以直接套用在〈空之境界〉上。

身為「傳奇」與「新本格」的混血之作，〈空之境界〉也是應該由讀者（玩家）來攻略的複雜小說。隨著閱讀下個月、下下個月將連續出版的中集、下集，想必大家都能看出我所說的意思。作為新世代傳奇小說的同時，讀完〈空之境界〉全篇的感觸，確實與閱讀某種推理小說的感受有共通之處。

這樣的特色，正是奈須蘑菇這位作家的特有魅力與優點之一——我如此認為。

三年前見面的時候，奈須毫不忌諱地主動宣言自己的正職是「遊戲腳本家」。為了製作遊戲，當時他剛與同伴們正式創設公司，或許更是有必要堅持這樣的身分。不過另一方面，他也有力地表明「我在努力創作小說」。正如奈須的宣言，二〇〇七年講談社BOX出版了他的新小說《DDD》，同樣受到眾多讀者的支持。

前陣子，我讀過了這部出版至第二集的作品——嗯，果然還是特別帥氣。編排文章的方式也有了職業作家的風格，逐漸形成「奈須蘑菇腔」。

〈空之境界〉目前正在製作全七部的劇場版動畫，將在今年冬天上映。再加上這次的文庫化，讀者層將會發展得更廣吧。這部作品無庸置疑地擁有如此強勁的——就讓我刻意加上「不可思議」這個形容詞——力量。當然，我非常期待看到奈須蘑菇這位具備不可思議才能的新銳小說家，往後有更為活躍的表現。

還有——

我希望奈須總有一天，也能寫出一本號稱「這是奈須本格」的本格推理小說。當我直接向他本人下了這「本格詛咒」時，他的回答照原文記述，來結束這篇解說。

「是的，我認為寫作本格小說，就是對於影響我的本格推理小說最大的回報。」

「如果要寫，我大概只會寫出徹徹底底的本格小說吧。」

（記於二〇〇七年十月）

本書於二〇〇一年十二月以同人小說發表，二〇〇四年六月由講談社小說化，
「空之境界　the Garden of sinners（上）」為小說第一章到第三章文庫化並加筆・訂正。

浮文字

空之境界（上）

（原名：空の境界（上））

作者／奈須蘑菇　插畫／武內崇
執行長／陳君平　榮譽發行人／黃鎮隆
協理／洪琇菁　國際版權／黃令歡
執行編輯／呂尚燁　美術編輯／李政儀
企劃宣傳／陳品萱
發行／英屬蓋曼群島商家庭傳媒股份有限公司城邦分公司　尖端出版
台北市中山區民生東路二段一四一號十樓
電話：（〇二）二五〇〇—七六〇〇（代表號）
傳真：（〇二）二五〇〇—一九七九
中部以北經銷／楨彥有限公司
電話：（〇二）八九一九—三三六九
傳真：（〇二）八九一四—五五二四
雲嘉經銷／智豐圖書股份有限公司　嘉義公司
電話：（〇五）二三三—三八五二
傳真：（〇五）二三三—三八六三
南部經銷／智豐圖書股份有限公司　高雄公司
電話：（〇七）三七三—〇〇七九
傳真：（〇七）三七三—〇〇八七
一代匯集／香港九龍旺角塘尾道六十四號龍駒企業大廈十樓B&D室
電話：（八五二）二七八三—八一〇二
傳真：（八五二）二七八二—一五二九
馬新經銷／城邦（馬新）出版集團　Cite(M)Sdn.Bhd.
E-mail · Cite@cite com my
法律顧問／王子文律師　元禾法律事務所
北市羅斯福路三段三十七號十五樓
二〇一〇年四月一版一刷
二〇二三年八月一版二十一刷

■中文版■

郵購注意事項：
1. 填妥劃撥單資料：帳號：50003021戶名：英屬蓋曼群島商家庭傳媒(股)公司城邦分公司。2. 通信欄內註明訂購書名與冊數。3. 劃撥金額低於500元，請加附掛號郵資50元。如劃撥日起 10～14日，仍未收到書時，請洽劃撥組。劃撥專線TEL：(03)312-4212 ・ FAX：(03)322-4621。E-mail：marketing@spp.com.tw

國家圖書館出版品預行編目資料

空之境界 / 奈須蘑菇 著； 鄭翠婷 譯.--1版.
--臺北市：尖端出版, 2010.03 冊；公分.--(浮文字)
譯自:空の境界
ISBN 978-957-10-4253-4(上冊：平裝)
ISBN 978-957-10-4254-1(中冊：平裝)
ISBN 978-957-10-4255-8(下冊：平裝)

861.57 99000796